그해 여름, 닷새

그해 여름,
닷새

이준호 장편소설

사□계절

1

"그래, 조심해서 가거라."

검정 색안경을 낀 운전사 아저씨가 말했다.

"고맙습니다."

나는 어깨에 비껴 멘 가방을 추스르며 고개를 까딱했다.

내가 마지막으로 내리자 버스는 달아오른 엔진 열기와 시커먼 매연 덩어리를 남기고 떠났다. 완전히 타지 않은 매연 냄새가 코를 찔렀다. 안 그래도 속이 메슥거리던 참이라 숨을 아껴 쉬었다.

나보다 앞서 내린 사람들이 터미널 건물이나 택시가 기다리는 도로 쪽으로 바삐 걸음을 옮겼다. 뜨거운 햇볕이 쏟아지는 광장에 나만 홀로 남았다. 햇볕이 수많은 바늘 끝처럼 내 몸을 사정없이 쪼아 댔다. 나는 그늘로 들어갔다.

터미널 건물은 낡고 지저분했다. 바깥벽에 다방, 당구장, 식당 간판이 붙어 있었다. 간판은 하나같이 빛이 바랬다. 오른쪽은 승강장이었다. 사람들이 시동을 켜 둔 버스에 올랐다. 바람 한 점 없었다.

사방을 둘러보았다. 내가 살던 곳과 풍경이 달랐다. 낯선 곳에 홀로 남겨졌다는 생각에 절로 어깨가 움츠러들었다. 가방에 달린 보조 주머니를 열어 쪽지를 꺼냈다. 외우고 있는 전화번호였지만 혹시 몰라 적어 왔다.

공중전화는 눈에 띄지 않았다. 터미널 건물 안으로 들어가는데 누군가가 부르는 소리가 들렸다. 내 이름과 비슷했다. 이곳엔 나를 알 만한 사람이 없는데?

나는 돌아보지 않고 대합실로 가 두리번거렸다. 벽걸이 선풍기를 몇 대 켜 둔 대합실도 덥기는 마찬가지였다. 창문 너머로 도로변에 있는 공중전화 부스가 보였다.

대합실을 막 나서려는데 누군가가 내 팔을 잡았다.

"담아."

놀라서 어깨를 후드득 떤 나는 한 발 물러났다. 할아버지였다. 눈으로 보면서도 할아버지를 알아보는 데는 시간이 조금 걸렸다. 짐작도 못했기 때문이다. 아빠가 운전하는 자동차만 타고 왔던 터라 어떻게 찾아가나, 또 할아버지가 휴대전화를 받지 않으면 어떡하나 내심 막막했는데, 그런 걱정들이 한꺼번에 사라졌다.

"할아버지!"

나는 놀라움과 반가움으로 벌어진 입을 다물지 못했다. 쓸모없어진 쪽지를 도로 집어넣었다. 쪽지엔 할아버지 휴대전화 번호가 적혀 있었다.

"그래, 할아비다."

할아버지가 인자한 웃음을 지었다.

"힘들진 않았느냐? 너 멀미하잖아."

"참을 만했어요."

"그래. 어디 가서 시원한 거라도 마실까?"

"생수 사서 마시면서 왔어요."

"점심은?"

"출발하기 전에 자장면 사 먹었어요."

"출출하겠구나. 가자, 할아비가 맛있는 저녁 만들어 줄 테니."

할아버지와 나란히 걸었다. 나는 뜻밖이어서 놀랐는데 할아버지는 무덤덤했다.

"근데 여긴 웬일이세요?"

나는 궁금하던 걸 물었다.

"너 마중하러 나왔지."

나는 그 자리에 우뚝 멈춰 섰다.

그랬구나.

할아버지를 만났다는 안도감이 불편함으로 바뀌었다. 할아버지가 느닷없이 나타났을 때 짐작했어야 했다.

"어서 와."

할아버지가 저만치서 손짓했다. 내가 무거운 걸음을 떼 놓자 할아버지는 돌아서서 걷기 시작했다. 길러서 한 갈래로 묶은 머리카락, 작달막하지만 다부진 몸집, 감물로 천연 염색한 생활한복. 할아버지는 지난번에 봤던 그대로였다.

앞서 가던 할아버지는 정육점으로 들어갔다.

"돼지고기 볶음용으로 한 근, 삼겹살 반 근, 보자…… 아, 쇠고기는 불고기용으로 반 근, 이렇게 주세요. 쇠고기는 한우로 주시고요."

배낭에서 지갑을 꺼내던 할아버지가 나와 눈이 마주쳤다.

"들어와서 선풍기 바람 쐬어."

출입문 바깥에 서 있던 나는 쭈뼛거리며 들어갔다. 할아버지는 정육점 아저씨가 용도별로 비닐에 따로 담아 준 고기를 배낭에 넣었다.

할아버지의 눈매는 서글서글했다. 하지만 눈빛은 상대의 마음을 꿰뚫는 듯 맑고 강했다. 물 좋고 공기 좋은 곳에서 살아서인지 할아버지의 눈빛은 유독 빛났다.

엄마는 채식만 하는 사람의 눈빛은 다 그렇다고 했다. 할아버지는 채식주의자여서 육지 고기든 바닷고기든 고기 종류는 일절 입에 대지 않는다. 나를 위해 정육점에 들른 거였다. 나는 고기를 좋아한다. 이틀에 한 번 꼴로 식탁에 고기가 올라야 반찬 투정을 하지 않는다.

할아버지는 마트에 들러 또 이것저것을 샀다. 고추장이나 간장 같은 양념거리와 초콜릿이나 사탕 같은 군것질거리였다. 깡통에 든 햄과 계란 같은 반찬거리도 있었다. 모두가 나를 위한 것이었다.

"뭐 먹고 싶은 거 없냐?"

나는 도리질을 쳤다. 할아버지가 냉동고에서 아이스바 두 개를 꺼내 그중 하나를 내게 내밀었다.

홀쭉했던 배낭이 금세 빵빵해졌다. 물건을 사는 동안 나는 할아버지를 따라다니기만 했다. 버스를 타기 위해 터미널로 돌아왔다. 할아버지는 붉은색 비닐 끈으로 묶은 서른 개들이 계란 한 판을 긴 의자 귀퉁이에 올려 두었다. 배낭은 바닥에 내려놓았다.

"집에다 전화하게 전화기 주랴?"

할아버지가 주머니에서 휴대전화를 꺼내며 물었다. 나는 천천히 고개를 내저었다.

할아버지는 나뿐 아니라 아빠나 엄마에게도 억지로 뭘 시키는 법이 없었다. 의견을 조용조용 말하고 나서 판단은 각자가 하도록 내버려 두었다. 의견이 묵살돼도 화를 내거나 따지지 않았다.

"걸고 싶으면 언제든지 말해라."

그렇게 말한 할아버지가 누군가와 통화했다.

통화는 간단하게 끝났다. 굳이 말하지 않아도 누군지 짐작이 갔다.

출발하기 전, 여행을 다녀오겠다는 쪽지를 남겼다. 쪽지를 발견한 엄마는 내가 갈 곳이 할아버지 댁밖에 없다고 판단했을 것이다. 왜 진작 그 생각을 못했을까.

무거운 배낭을 지고 온 탓에 할아버지의 목둘레와 등이 땀으로 시커멓게 젖었다. 나는 아이스바의 비닐을 벗겼다. 할아버지도 아이스바를 먹으며 손부채질을 했다. 차가운 아이스바를 먹자 온몸이 시원해졌다.

낡고 기름 냄새가 심하게 나는 버스는 창문이란 창문을 다 열고, 지붕에 붙은 환기구까지 다 열었는데도 찜질방처럼 더웠다. 승객은 달랑 다섯 명뿐이다. 다리를 건너자 건물이 차츰 줄어들더니 조금 더 가자 그마저도 눈에 띄게 줄어들었다. 이따금씩 공장이나 음식점이 보일 뿐이었다.

오른쪽으로 강을 끼고 달리던 버스가 두 갈래 길에서 왼쪽으로 들어섰다. 버스는 덜컹거리며 불안하게 나아갔다. 강이 사라지고 양편으로 진녹색이 넘실거리는 논이 이어졌다.

한바탕 거센 바람을 쐬었더니 울적한 마음이 좀 가셨다. 버스가 아스팔트 도로를 벗어나 시멘트 도로로 접어들었다.

버스는 산허리에 난 가파르고 좁은 도로를 굽이굽이 돌았다. 도로 양쪽의 숲이 바짝 다가와 있어 마치 숲 사이에 숨은

10

길을 찾으면서 가는 것 같았다. 도로 쪽으로 뻗은 가지가 버스에 부딪치거나 이파리들이 쓸리는 소리가 나기도 했다. 보통이를 든 할머니 한 분이 내렸다. 할아버지와 나만 남았다.

바람을 쐬는 것도 슬슬 진력이 날 즈음 버스가 섰다. 기사아저씨가 버스 시동을 껐다. 종점이었다. 할아버지가 배낭과계란을 챙겼다.

"제가 들게요."

내가 계란 판을 잡자 할아버지가 군말 없이 내주었다.

"수고하셨소이다."

할아버지가 앞문으로 내리면서 말했다.

"손자인가 봐요."

"그렇소이다."

"친손자인가요? 외손자인가요?"

"친손자라오."

"그러고 보니 눈매가 참 많이 닮았네요. 몇 학년이죠?"

"중학교 1학년이라오."

"똘똘하게 생겨서 맞고 다니지는 않겠네요. 든든하시겠습니다. 제 큰놈은 초등학교 5학년인데, 사내 녀석이 만날 얻어터지고 다녀서 복장 터져 죽겠습니다."

기사 아저씨의 푸념 섞인 말에 할아버지는 잔잔한 눈웃음으로 대답했다.

"손자 분이 사는 곳의 중학교는 벌써 방학을 했나요?"

"예에."

할아버지가 얼버무리듯 대답했다. 나는 켕기는 게 있어 속이 뜨끔했다.

"편히 가십시오. 잘 가라."

"예."

퉁명스럽게 대답한 나는 괜한 얘기를 꺼내 할아버지를 당황하게 만든 기사 아저씨를 슬쩍 째려보고는 재빨리 내렸다.

나무로 지은 버스 정류장 의자에 배낭을 부린 할아버지가 손수건으로 얼굴과 목둘레를 닦았다. 엄마와 통화했다면 나에게 무슨 일이 있었는지 당연히 알 텐데, 그에 대해선 한마디도 꺼내지 않았다. 다른 사람에게 이래라저래라 하지 않는 게 할아버지의 방식인 줄은 알지만 지금은 그게 오히려 마음을 무겁게 했다. 나는 멀리로 눈길을 주었다.

아빠 차를 타고 가면서 본 익숙한 풍경이 펼쳐졌다. 멀리 무성한 숲 사이로 드문드문 지붕들이 보였다. 집들은 멀지도, 가깝지도 않게 적당한 간격을 유지하고 있었다. 할아버지 댁은 여기서도 한참을 더 올라가야 했다. 건너편 산기슭에서 뻐꾸기가 울었다. 이름 모를 새들도 제각각의 소리로 지저귀었다. 매미가 소리를 길게 끌며 울었다. 눈을 감고 가만히 귀를 기울였다. 그러자 제각각이던 소리들이 한데 어우러져 이루는 기묘한 화음이 느껴졌다.

"여기서부터 걷는 건 처음이지?

할아버지의 목소리에 눈을 떴다.

"예."

"어떠냐? 걸을 만하겠냐? 택시 불러서 가도 된다."

할아버지 댁까지는 비포장이긴 해도 길이 나 있었다. 그래서 여기 택시는 도시에서 흔히 보는 보통 승용차가 아니라 지프형 승용차였다. 경사가 심한 비포장길을 올라가려면 보통 승용차로는 어림도 없었다. 아빠 차도 지프형 승용차여서 할아버지 댁 바로 아래까지 가는 게 가능했다.

"걸어갈 수 있어요."

걷기 싫었지만 오기가 생겼다. 이유는 없었다. 그냥 그러고 싶었다.

"계란은 내가 들고 가랴?"

"아뇨."

그러려고 한 건 아니었는데, 마음과는 달리 말이 자꾸 퉁명스럽게 나갔다.

할아버지가 배낭끈을 바짝 조여 배낭을 등에 밀착시킨 다음 양쪽 끈을 조절해 수평을 맞췄다. 뙤약볕 아래에서 걸으면 힘들 것이란 생각에 나도 가방을 고쳐 멨다. 계란 판이 한쪽으로 기울어지지 않게 열십자로 묶은 끈 가운데를 잡았다. 나는 가방에서 모자를 꺼내 썼다. 이럴 땐 운동화 끈도 단단히 조여야 제격이겠지만 아쉽게도 내 운동화는 끈이 없었다.

"쉬고 싶으면 언제든지 말하렴. 그럼 간다."

낡은 등산화를 신은 할아버지가 걸음을 성큼 떼 놓았다. 나는 예닐곱 걸음 뒤에서 주변 풍경을 건성으로 보며 걸었다.

고추 밭과 참깨 밭을 지났다. 옥수수 밭도 지났다. 마을을 벗어나자 시멘트 포장길이 끝나고 비포장길이 시작되었다. 내 주먹만 한 돌이 발에 채여 걷기가 어려웠다. 잔 돌멩이를 밟아 여러 번 미끄러질 뻔했다. 그때마다 할아버지는 나를 기다려 주다가 거리가 좁혀지면 다시 돌아서 걸었다. 조금 걸었을 뿐인데 땀이 등골을 타고 줄줄 흘렀다. 땀이 모자 안에 고였다가 이마와 관자놀이를 타고 흘렀다. 내가 걷겠다고 했으므로 힘들다고 말할 수가 없었다.

팔뚝으로 이마를 문지르다 길바닥이 보라색으로 물든 걸 발견했다. 고개를 드니 나뭇가지에 빨간 열매가 매달려 있었다.

"오디다. 오디는 뽕나무 열매란다."

묻지도 않았는데 할아버지가 돌아와 오디를 한 주먹 따서 내게 주었다.

"먹어 봐라. 맛있다. 요즘은 먹을 게 흔해서 이런 걸 먹는 사람이 드물지. 건강식품으로나 먹을까. 참, 할아비가 오디로 잼 만들어 뒀다. 식빵에 발라 먹으면 맛있을 거야."

하나를 맛보았다. 달았다. 오디를 입으로 가져가는 내 손놀림이 빨라졌다. 꼭지를 혀로 살살 골라내며 먹었다. 손바닥이 금세 보라색으로 물들었다. 혓바닥을 길게 늘여 보니 온통 보라색이었다.

손바닥을 들여다보고 있으려니까 할아버지가 멀리서 소리
쳤다.

"물로 씻으면 금방 진다."

2

한 시간이 넘게 걸려서 할아버지 댁에 도착했다. 걸음이 더
딘 나 때문에 시간이 더 걸렸다. 아마 할아버지 걸음으로는 40
분이면 충분했으리라. 할아버지 발소리를 들은 미순이가 경중
경중 달려왔다. 꼬리를 치며 할아버지와 내 주위를 맴돌더니
나한테 달려들어 셔츠 앞자락에 발자국을 찍어 놓았다. 진돗
개 잡종인 미순이는 언뜻 봐선 순종과 구별되지 않았다. 허리
를 숙여 미순이와 눈을 맞추었다. 미순이가 잠시 꼬리를 흔들
더니 다시 할아버지에게로 갔다.

할아버지 댁은 통나무에 황토를 발라 만들었다. 집을 짓는
데 들어간 비용보다 통나무를 여기까지 옮겨 오느라 쓴 돈이
더 많다고 했다. 오른쪽에 약초와 버섯을 보관하는 창고 한 채

가 더 있고, 창고 옆은 토마토, 오이, 참외, 가지, 고추가 자라는 텃밭이었다. 할아버지는 혼자 살아서 뭐든 조금씩만 심었다.

왼쪽에는 수령이 족히 수십 년은 됨직한 느티나무가 우뚝 서 있고, 그 밑에 평상이 놓여 있었다. 할아버지는 느티나무에 받쳐 둔 알루미늄 사다리에 올라갔다. 줄기가 갈라지는 곳에 할아버지가 손수 만든 새집이 있었다. 모양은 새집이지만 할아버지가 휴대전화를 넣어 두는 곳이었다. 사다리는 발을 디디는 칸이 일곱 개였다. 그중에서 네 번째 칸, 그러니까 정확히 중간에 올라서야만 휴대전화가 터졌다. 다른 곳에서는 안 터졌으므로 휴대전화를 몸에 지니고 다닐 이유가 없었다. 사다리 옆에는 미순이 집이 있었다.

"우선 씻어라."

할아버지가 빨랫줄에서 수건을 걷어 주었다. 낮 동안 햇볕에 잘 마른 수건에선 갓 구운 빵 냄새가 났다.

나는 수건을 목에 걸고 폭포로 갔다. 욕실이 있었지만 목욕은 옷을 훌훌 벗고 폭포에서 해야 제맛이었다.

폭포는 집 뒤편에 있었다. 사실, 폭포라고 부르기에는 좀 그랬다. 높이가 2미터밖에 안 되니까. 하지만 그곳은 할아버지에게 없어선 안 될 곳이었다. 거기서 물도 길어다 먹고, 씻고, 빨래도 했다. 심신을 수련하는 곳이기도 했다. 심지어는 냉장고 구실까지 했다. 아빠가 냉장고를 사 주겠다고 했지만 할아버지는 한사코 마다했다. 혼자 살아서 넣어 둘 게 없는데 뭐하러 전기를 낭비하느냐는 거였다.

　물이 얼마나 차가운지 폭포 근처에만 가도 서늘한 기운이 느껴졌다. 시원스럽게 떨어져 내리는 물 밑에 어른이 혼자 앉으면 딱 알맞은 너럭바위가 있었다. 할아버지는 거기에 앉아 심신을 수련했다. 바위로 떨어진 물이 산산이 부서지면서 물보라를 만들었다. 그늘진 물속에 돌로 울타리를 만들어 참외와 토마토를 띄워 두었다.

　두 손으로 물을 떠 마셨다. 차가움이 뼛속까지 스며들었다. 물이 너무 차가워 들어갈 엄두가 나지 않았다. 손에 물을 묻혀 얼굴과 팔을 닦았다. 팔뚝에 굵은 소름이 돋았다. 가장자리의 물을 떠서 몸을 대충 문질렀다. 몸이 찬물에 어느 정도 익숙해지자 물에 들어갔다. 비누를 쓰지 않으니 개운치가 않았다.

　할아버지는 비누를 절대 쓰지 못하게 했다. 육식을 하지 않으니 기름기 있는 음식을 먹을 일이 없어 설거지할 때도 세제를 쓰지 않았다. 우리 가족이 놀러 와 기름기 있는 음식을 먹으면, 반찬 찌꺼기나 양념을 식빵으로 닦아 먹은 다음 밀가루를 풀어 설거지를 했다. 설거지를 한 물은 텃밭에다 주었다. 빨래도 천연 세제로만 했다.

　폭포 물은 마을로 흘러가 농사짓는 데 쓰였다. 비누나 세제가 섞인 물을 곡물이나 채소가 먹을 터이고, 그 농작물을 다시 사람이 먹을 테니 물을 오염시켜선 안 된다는 것이다.

　"물에 담가 둔 과일 다 꺼내 와라."

할아버지의 목소리가 들렸다.

참외 두 개와 토마토 세 개를 챙겼다. 두 손으로 들기에 벅차 품에 안았다. 차가운 기운이 배와 가슴으로 전해졌다.

할아버지가 평상에서 참외를 깎고 토마토를 잘라 쟁반에 담았다. 나는 정신없이 집어 먹었다. 점심을 자장면으로 때워 출출한 데다 오랜만에 많이 걸었더니 배가 고팠다. 먹으면서 뻐근한 발바닥과 발목을 주물렀다.

"아프냐?"

"괜찮아요."

"다리를 이쪽으로 뻗어 봐라."

할아버지가 쟁반을 한쪽으로 치웠다.

"괜찮다니까요."

나는 퉁명스럽게 말했다.

"이리 내봐 보래도."

버티던 나는 할아버지와 눈이 마주쳐 다리를 할아버지 쪽으로 뻗었다. 할아버지 눈은 상대방이 절대로 거절하지 못하게 하는 묘한 마력이 있다. 그래서 되도록이면 할아버지와 눈길을 마주치지 않아야 한다.

할아버지가 내 장딴지와 발을 손끝으로 꾹꾹 눌렀다.

"어떠냐?"

"시원해요."

괜한 말이 아니고 정말이었다.

"아프진 않고?"

"아프기도 해요. 간지럽기도 하고요."

"그래. 이 세상에 좋은 일만 있는 건 아니다. 반대로 나쁜 일만 있는 것도 아니고."

무릎 옆을 누르던 할아버지가 밑도 끝도 없는 말을 했다. 내가 당한 일을 두고 하는 말인가? 또다시 마음이 무거워지며 누구에게랄 것도 없이 화가 치밀었다.

"할아버진 왜 아무 말도 안 하세요?"

나는 따지듯 물었다.

"뭘 말이냐?"

"제가 왜 여기 왔는지 아시잖아요."

"……"

"가만있지만 마시고 뭐라고 말 좀 해 주세요."

진심이었다. 꾸중도 좋고 비난도 좋았다. 안 좋은 말을 실컷 듣고 나면 속이 시원해질 것 같았다.

"예?"

대답이 없는 할아버지에게 채근했다.

"……"

"할아버지도 내가 시켰다고 믿는 거죠?"

그동안 억눌렀던 울분을 토해 놓자 말이 술술 나왔다. 입을 꾹 다문 할아버지는 내 등을 쓸어 주기만 했다.

"그렇죠?"

"……."

"왜 아무 말도 안 하시는 거죠?"

할아버지는 여전히 말이 없었다.

"왜요!"

눈가가 화끈거렸다. 나는 설움에 겨워 울음을 삼켰다.

"지나고 보면 다 아무것도 아니란다."

먼 곳에 눈길을 둔 할아버지가 조용히 말했다. 할아버지 옆
모습이 무척 슬퍼 보였다. 그게 나 때문이라고 생각하니 더 견
디기 힘들었다.

서쪽 하늘에 누군가가 엎질러 놓은 주황과 빨강 물감이 서
서히 뒤섞이며 번져 가고 있었다. 그 색깔에 짙은 보라색과 검
정색이 섞인다 싶더니 금세 어두워졌다.

"들어가자꾸나. 저녁 지어 주마."

나는 할아버지 손에 이끌려 일어났다.

음식 냄새가 방까지 솔솔 풍겨 왔다. 참외와 토마토를 먹었
는데도 배에서 꼬르륵 소리가 났다. 음식 냄새를 맡으면서 가
만히 있으려니까 신경이 온통 주방으로만 쏠렸다. 눈길이 자
꾸 벽에 걸린 시계로 갔다.

"담아."

할아버지가 부르는 소리가 멀리서 들렸다. 깜박 잠이 들었
나 보다.

할아버지가 부르는 이유를 깨닫고 부리나케 달려 나가다 할

아버지와 눈길이 딱 마주치고는 멈칫했다. 할아버지가 빙그레 웃어서 나는 일부러 뚱한 표정을 지었다.

"불고기는 양념장에 재워 둬야 맛있는데, 어쩔 수가 없구나."

할아버지가 내가 앉을 의자를 빼 주며 말했다.

식탁에는 보리밥과 김칫국, 쇠고기 불고기, 상추와 깻잎, 오이 무침이 차려져 있었다. 처음에는 할아버지에게 신경질을 부린 게 미안해 밥 먹는 속도를 조절하던 나는 수저질이 점점 빨라졌다. 나중에는 아예 밥공기에 얼굴을 파묻고 먹었다.

"천천히 많이 먹어라."

할아버지가 물을 따라 주었다. 나는 대꾸할 새도 없이 먹는 데만 열중했다. 밥을 두 그릇이나 먹고도 오디 잼을 듬뿍 바른 식빵 석 장을 더 먹었다.

오랜만에 배부르게 먹었다. 학교에서 그 일이 있은 뒤로는 입맛이 없어 밥 한 공기를 다 비운 기억이 없었다.

배가 부르자 졸음이 몰려왔다. 내 방으로 와서 양치질도 않고 쓰러졌다. 잠깐 누웠다가 일어나야지 했는데 어느새 잠이 들고 말았다.

새들이 지저귀는 소리에 눈을 떴다. 간만에 깊은 잠을 잤더니 머릿속이 맑았다. 몸도 가뿐했다. 창문이 닫혀 있었다. 내가 잠든 사이에 할아버지가 창문을 닫은 모양이었다. 여기선 한여름에도 밤에 창문을 열어 두면 추웠다.

창문을 열었다. 멀리서 들리던 새소리가 귓바퀴로 왈칵 달려들었다. 새는 여러 종류였다. 내 귀엔 까치 소리만 들렸다. 방충망에 장수하늘소와 나방이 꼼짝 않고 붙어 있었다. 손가락으로 툭 치자 화르르 날아갔다. 밤이 되면 불빛을 보고 날아온 온갖 곤충과 벌레 들이 모여들어 방충망을 잠자리로 삼았다가 날이 밝으면 떠나곤 했다.

할아버지 슬리퍼를 신고 마당으로 나갔다. 슬리퍼가 커서 발이 자꾸 미끄러졌다. 집에서 나올 때 옷만 챙겼지 편하게 신을 샌들이나 슬리퍼는 미처 생각하지 못했다. 풀잎에 맺힌 이슬에 발목이 젖었다.

"일어났니? 더 자지 않고?"

"안녕히 주무셨어요."

웃통을 벗은 할아버지는 기공 체조를 하고 있었다. 어제 저녁 식사 전에 있었던 일에 대해서는 할아버지나 나나 피차 입을 다물었다.

나는 평상에 앉아 할아버지의 동작을 구경했다. 5분도 지나지 않아 할아버지가 수건으로 몸을 닦았다.

"왜 끝내세요?"

"네가 보고 있으니까 쑥스럽구나. 배고프지? 얼른 밥해 주마."

할아버지는 윗옷을 걸치면서 계면쩍게 웃었다.

쇠고기 불고기가 계란찜으로, 김칫국이 미역국으로 바뀐 것

말고 나머지 반찬은 엊저녁과 똑같았다.

할아버지는 아침엔 밥을 먹지 않았다. 여러 가지 곡물과 약초, 버섯을 갈아 만든 가루를 물에 개어 마셨다. 거기에 제철 과일이나 채소를 곁들여 먹으면 아침 식사 끝이었다. 여름엔 주로 토마토나 오이를 먹었다.

"그거 맛있어요?"

나는 할아버지 아침 식사를 눈으로 가리켰다.

"맛은……. 그냥 먹는 거지."

"먹어 봐도 돼요?"

"물론이지."

할아버지가 빈 그릇에다 조금 따라 주었다. 혀끝에 대고 맛을 보았다. 미숫가루보다 조금 쌉싸래한 게 그저 그랬다.

"어떠냐?"

"미숫가루 맛과 비슷한데요."

"먹을 만하지?"

"예."

"그럼 우리 내일부터 이 가루로 아침을 대신할까?"

내 쪽으로 몸을 기울인 할아버지가 은근하게 물었다.

"아뇨."

나는 단호하게 고개를 내저었다.

"녀석, 정색하긴. 그저 한번 해 본 말인데."

할아버지가 너털웃음을 쳤다.

머쓱해진 나는 숟가락만 놀렸다. 엄마와 예지는 그렇지 않은데, 아빠와 나는 아침에 꼭 밥에 국을 먹어야 속이 편했다. 빵과 우유를 먹으면 어김없이 배탈이 났다. 엄마는 그런 아빠와 나를 부전자전이라고 흉봤다.

밥을 먹고 났더니 마땅히 할 일이 없었다. 배가 부르자 게으름이 나기도 했다. 쪼그리고 앉아 마당가에 피어 있는 수국을 멍하니 보는데, 할아버지가 불렀다.

"예?"

나는 앉은 채로 돌아보았다. 할아버지가 평상에서 나를 보고 있었다.

"심심하지?"

"예."

"부탁 하나 들어주련?"

"뭔데요?"

안 그래도 뭘 하면서 시간을 때워야 하나 걱정되던 참이라 귀가 솔깃했다. 산중이어서 가지고 놀 게 마땅찮았다.

"마침 다락을 정리하려고 했는데, 담이가 좀 하면 어떻겠니?"

"다락을요……?"

썩 내키지가 않아 나는 말꼬리를 흐렸다.

"왜? 싫어?"

"아뇨. 할게요."

나는 이내 마음을 바꿨다. 어차피 시간을 때워야 한다면 멍하니 있는 것보단 그편이 나았다.

"주방 옆에 있는 문으로 올라가는 거 알지?"

"예."

"그럼, 부탁하마. 할아비는 일하러 간다."

다락으로 통하는 문을 열자 널빤지를 가로질러 만든 계단이 나타났다. 곰팡내와 묵은내가 확 풍겨 왔다. 벽을 더듬어 스위치를 올렸다.

널빤지는 내가 디딜 때마다 힘겨운 신음 소리를 냈다. 나는 계단이 무너질까 봐 발가락에만 체중을 실었다. 다락은 내가 짐작한 것보다 넓었다. 안방과 주방을 합친 크기니 넓을 만도 했다. 쪼그려 앉은 자세에서 위로 팔을 뻗으면 손끝이 천장에 닿았다. 원래는 방이었는데, 언젠가부터 허드레 물건을 넣어 두는 창고로 쓰였다.

다락은 어디에 쓰는 것인지도 모를 물건들로 어수선했다. 매캐한 먼지에 코가 간질간질하더니 기어이 재채기가 나왔다.

처마 아래로 조그맣게 난 창문을 열었다. 바깥 공기를 쐬니 숨통이 좀 트였다. 주위 경치가 한눈에 들어왔다. 건너편으로 치솟은 산 여기저기가 안개에 가려져 있었다. 안개는 얇게 펼쳐 놓은 솜처럼 보였다. 조금씩 움직이는 안개는 시시각각 모양을 바꿨다. 강아지에서 염소로, 염소에서 고양이로, 고양이에서 사람 얼굴로. 자세히 보니 우현이 얼굴과 비슷했다.

우현이가 떠오르자 명준이, 효범이, 노아, 혜정이, 경빈이 얼굴이 차례로 떠올랐다. 나도 모르게 주먹을 불끈 쥐었다. 이러면 안 된다는 걸 알면서도 그 아이들만 생각하면 저절로 화가 치밀었다. 내 마음인데도 내 뜻대로 되지 않았다. 곧 고개를 내저어 아이들 얼굴을 머릿속에서 지워 버렸다.

잡념을 없애려고 몸을 부지런히 움직였다. 테두리에 알루미늄 장식이 박힌 상자에는 할머니의 유품이 들어 있었다. 그 상자를 창문 옆으로 옮겼다. 낚싯대와 테니스채, 야구 글러브 따위는 오른쪽 벽 아래에 따로 모아 두었다. 유리병에 더덕이며 머루를 넣어 담가 둔 술은 알루미늄 장식 상자 옆으로 치웠다.

마지막으로 제일 골칫거리가 남았다. 뒤죽박죽 쌓인 책이었다. 주방으로 내려가 물을 거푸 세 잔이나 마시며 잠깐 숨을 돌렸다. 그새 반팔 셔츠는 물론이고 속옷까지 다 젖었다. 반팔 셔츠를 벗고 다락으로 다시 올라갔다.

나는 바닥에 흐트러진 책부터 차곡차곡 쌓아 갔다. 일본어로 된 책, 한자로 된 책, 20권짜리 문학 전집, 국어 대사전, 문고판 소설책 등등 종류가 무척 다양했다. 책들은 하나같이 낡은 데다 색이 누렇게 바랬다. 종이 질이 나빠서 조금만 세게 잡아도 바스러질 것 같은 책도 있고, 표지가 일부 찢어지거나 아예 뜯겨 나간 책도 있었다. 곰팡이가 났던 흔적이 있는 책도 있었다. 나는 책들을 하나하나 종류별로 구분해서 정리했다.

그러다가 책 더미 속에서 비닐 끈에 묶여 있는 책들을 찾아

27

냈다. 내 수준에 맞는 책들이었다. 그냥 버려도 안 가져가게 생긴 다른 책에 비해 상태가 비교적 좋았다. 그중에서 내가 읽을 만한 책을 골랐다.

『로빈슨 크루소』와 『동물농장』은 초등학교 때 논술 과외를 하면서 읽었다. 『프랑켄슈타인』은 4학년 때, 『드라큘라』는 중학교에 입학하기 전에 엄마가 사 줘 읽었다. 『장화 신은 고양이』나 『헨젤과 그레텔』처럼 초등학교에 입학하기 전에 읽은 책도 있었다. 『심청전』이나 『홍길동전』 같은 우리나라 고전도 있었다. 『변신』은 처음 보는 책이었다. 대충 뒤적여 보니 사람이 벌레가 된다는 내용이어서 호기심이 일었다.

다락을 정리하고 책들을 내 방으로 옮겨왔다. 책들을 책상에 올려 두고 폭포에서 땀을 씻고 왔다.

나는 책들을 죽 늘어놓고 무얼 먼저 읽을까 고민에 잠겼다. 읽었던 책보다는 안 읽은 책에 더 마음이 끌렸다. 『변신』을 집어 들었다. 열 장을 넘기지 못하고 방바닥에 벌렁 드러누웠다. 안 하던 짓을 하려니 좀이 쑤셨다. 그럴 만도 했다. 내 의지로 책을 읽은 적이 없었다. 수행 평가를 하려고, 논술 과외 선생님이 읽으라고 해서, 책을 사 준 엄마가 줄거리나 교훈을 물으면 대답하기 위해 억지로 읽었다. 그것도 건성건성. 어떤 책은 인터넷을 검색해 줄거리나 핵심 사항을 요약한 걸 외워 읽은 것처럼 속이기도 했다.

『변신』을 다시 펼쳤다. 동화답지 않은 제목이어서 호기심이 끌렸는데, 아니나 다를까, 황당하면서도 슬픈 내용이었다.

그런데 다른 사람의 얘기 같지 않았다.

가족으로부터 버림받은 주인공 그레고르 잠자의 처지가 나와 다를 바 없었다. 아니, 내가 더 비참했다. 친구들에게도 배신을 당했으니까. 나는 깍지 낀 손을 뒷머리에 받치고 생각에 잠겼다.

내가 사라진 학교는 더 활기차게 돌아가고 있을까? 내가 없어진 집에선 야단치는 소리 없이 화기애애한 웃음소리만 울려 퍼지고 있을까?

화난 아빠의 고함 소리가 아직도 귀에 쟁쟁했다.

3

"담이 어딨어!"

다른 날보다 일찍 퇴근한 아빠가 나를 찾았다. 내 방에 있던 나는 가슴이 덜컥 내려앉았다. 드디어 올 게 왔구나. 나는 바짝 마른 입술에 침을 묻혔다.

쭈뼛거리며 거실로 나갔다. 아빠의 양복저고리가 소파 위에 아무렇게나 던져져 있고, 얼굴이 벌게진 아빠가 숨을 거칠게 몰아쉬고 있었다. 아빠가 나를 잡아먹을 듯이 노려보았다. 아빠가 그렇게 화난 건 일찍이 본 적이 없었다. 그렇다면 원인은 단 하나였다.

"빗자루 가지고 안방으로 와!"

아빠의 목소리는 얼음처럼 차갑고 딱딱했다.

안방 문을 잠근 아빠는 빗자루를 마구 휘둘렀다. 빗자루는 내 어깨고 등이고 다리고 팔뚝이고 가리지 않았다. 두 손으로 머리를 감싼 나는 몸을 웅크렸다. 내 몸이 작아졌으면 싶었다. 축구공만 하다가 야구공만 해지고, 다시 탁구공만 해졌다가 끝내는 한 점으로 사라졌으면 싶었다.

"그만해. 담이 다치겠어!"

바깥에서 엄마의 울부짖음이 들려왔다. 문손잡이를 돌리며 애원하던 엄마가 열쇠로 안방 문을 따고 들어왔다.

아빠는 엄마를 밀쳐 내고 다시 안방 문을 잠갔다. 매질을 하는 동안 아빠는 아무 말도 하지 않았다. 땀을 뚝뚝 흘리며 연신 거친 숨을 몰아쉬었다. 아빠 서슬에 질린 엄마는 거실에서 발만 동동 굴렀다.

나는 무서워 소리를 크게 내지도 못하고 숨죽인 신음 소리만 흘렸다. 아빠와 내 몸에서 뿜어져 나오는 열기로 안방은 몹시 더웠다. 나는 한사코 구석으로 숨었다. 아빠는 나를 넓은 곳으로 끄집어내 가며 때렸다. 맞은 데가 아팠다. 마음은 더 아팠다. 너무나 고통스러웠다. 시간이 그대로 멈췄으면 싶었다. 땀이 비 오듯 흘렀다. 아빠는 내 몸에 손을 댄 적이 없었다. 화가 머리끝까지 나서 코뿔소처럼 콧김을 뿜어내는 아빠가 낯설고 무서웠다.

빗자루 목이 부러져 날아가고서야 매질은 끝났다. 땀으로 범벅이 된 아빠는 넥타이를 느슨하게 풀었다. 내 앞에 버티고

선 아빠의 어깨가 크게 오르락내리락했다. 고개를 숙였다. 하지만 나를 무섭게 노려보는 눈빛을 온몸으로 느낄 수 있었다. 아빠는 목이 달아난 빗자루를 꼭 쥐고 있었다. 매질이 끝난 게 아니라고 시위라도 하는 듯이.

"네가 일진 아이들과 어울린다는 게 사실이냐?"

"……."

"사실이냐?"

아빠 목소리가 커졌다.

"예……."

나는 기어들어 가는 목소리로 간신히 대답했다.

고개를 숙이고 있어 아빠와 눈길이 마주치지 않는 게 다행이었다. 차마 아빠를 쳐다볼 용기가 나지 않았다.

아빠와 엄마는 내가 일진인 줄은 꿈에도 몰랐다. 엄마도 학교에 가서 담임과 상담한 뒤에야 그 사실을 알았다.

내가 일진에 속한 걸 숨길 수 있었던 이유는 다른 일진 아이들처럼 선생님들 눈에 띄는 행동을 하지 않아서였다. 물론 내가 일진에 속해 있다는 걸 아는 선생님들도 있었다. 하지만 나는 다른 일진 아이들과 달리 말썽을 일으키지 않았으므로 찍히는 걸 피할 수 있었다.

나는 일진이랍시고 돌출 행동을 하는 아이들과 적당한 거리를 두면서도 아주 관계를 끊지는 않았다. 일진 아이들이 다른 아이들을 괴롭히거나 돈을 빼앗는 걸 이해할 수는 없지만, 적극적으로 나서서 말리지도 않았다.

　나는 일진을 포기할 생각이 없었다. 일진이 아닌 것보다는 일진인 게 훨씬 낫기 때문이었다.

　나를 대하는 아이들은 딱 두 부류였다. 나만 보면 슬금슬금 피하거나 나와 친해지려고 적극적으로 노력하거나. 그런 아이들을 보면서 내가 뭐라도 된 듯한 기분에 우쭐했다. 그것만으로도 일진에 속해 있을 이유는 충분했다.

　집에서 나는 모든 게 중간쯤 되는 평범한 아이였다. 성적도 그랬고 특기 활동도 그랬다. 운동도 그랬고 외모도 그랬다. 그런 만큼 아빠가 받았을 충격과 배신감도 컸을 것이다.

　"어떻게 된 거냐?"

　한참 만에 아빠가 말문을 열었다. 아빠의 목소리는 착 가라앉아 있었다. 하지만 분이 덜 삭았는지 거친 숨을 몰아쉬고 있었다.

　"……."

　"어떻게 된 거냐고 물었다."

　아빠가 목소리를 높였다. 어서 말해야 한다는 조바심과는 달리 내 입술은 달싹거리기만 할 뿐 말이 나오지 않았다.

　"이 녀석이 그래도……."

　내 침묵을 반항이라고 생각한 아빠가 목이 날아간 빗자루를 치켜들었다. 나는 어깨를 움찔하고 엉덩이로 방바닥을 비비며 물러났다.

"저…… 그건 말이야……."

그때, 다시 열쇠로 안방 문을 따고 들어온 엄마가 끼어들었다. 아빠를 속인 게 들통 난 엄마는 말까지 더듬었다. 엄마 얼굴은 굳어 있었다.

"당신에게 묻지 않았어!"

"흥분 좀 가라앉히고 내 말부터 들어 봐."

목소리를 높인 엄마가 강경하게 말했다.

"거실로 좀 나와."

아빠가 주춤하는 틈을 놓치지 않고 엄마가 아빠의 손을 잡아당겼다. 뭐라 말하려던 아빠가 엄마 손에 이끌려 나갔다.

거실에서 두런두런 얘기를 나누는 소리가 들려왔다. 아픈 곳을 문지르며 귀를 기울였다.

이따금씩 엄마가 훌쩍이는 소리와 코 푸는 소리가 들렸다. 아빠가 엄마를 나무라는 소리도 들렸다. 대화는 오랫동안 이어졌다. 큰소리가 나면 어쩌나 마음을 졸였는데, 다행히 그런 일은 없었다.

긴장이 풀어지자 맞은 자리가 욱신거리기 시작했다. 머리를 감싸다가 맞은 손등이 가장 아팠다. 어깨와 등짝도 화끈거렸다. 화장대 모서리에 부딪쳐 살갗이 벗겨진 팔뚝에선 피가 비쳤다.

"가서 씻어."

안방 문을 연 엄마가 손잡이를 잡은 채 말했다. 울어서 목소

34

리가 꽉 잠겼다.

욕실로 가면서 보니 소파에 앉은 아빠가 멍한 눈길을 천장에 두고 있었다. 예지는 제 방에 틀어박혀 찍소리도 하지 않았다. 여우 같은 계집애. 나는 애먼 예지에게 화풀이를 했다.

거울에 벗은 몸을 비춰 보았다. 아빠의 실망과 분노가 고스란히 새겨져 있었다. 갑자기 서러움이 몰려왔다. 아파서, 분해서, 억울해서 나오는 울음을 목구멍으로 삼켰다.

"최담!"

샤워를 마치고 나오자 아빠가 내 방에서 불렀다. 또다시 가슴이 덜컥 내려앉았다. 다행히 화난 목소리는 아니었다.

"이리 앉아 봐."

침대 귀퉁이에 구급상자가 놓여 있었다. 나는 아빠와 눈길을 마주치기 싫어 침대에 비스듬히 걸터앉았다.

"옷 걷어 봐."

내가 가만히 있자 아빠가 셔츠를 어깨까지 걷어 올렸다. 아빠의 손길이 내 몸에 닿자 공연히 서러움이 북받쳤다. 나는 아랫니로 윗입술을 꼭 깨물며 울음을 참았다.

아빠가 상처와 부은 자국을 찾아 연고를 발랐다. 손이 닿으니까 더 화끈거리고 쓰라렸지만 나는 새어 나오려는 신음을 어금니를 물어 참았다. 종아리에 연고를 바른 아빠는 내 반바지도 내려 맞은 자리를 찾았다. 살갗이 벗겨진 팔뚝은 소독을 한 다음 일회용 밴드를 붙였다.

"네가 시키지 않았어도 원인 제공자가 너라는 걸 잊지 마라. 아빤 이번 일로 너에게 실망이 크다."

구급상자를 정리한 아빠는 굳은 목소리로 딱 한마디만 했다. 방을 나가는 아빠의 뒷모습은 빗자루를 휘두를 때와는 달리 힘이 하나도 없었다.

거실에서는 텔레비전 소리도, 컴퓨터 소리도 들려오지 않았다. 저녁을 준비하느라 그릇이 달그락거리는 소리도 들리지 않았다. 집 안은 먼지가 날아다니는 소리까지 들릴 만큼 조용했다. 나를 때리던 아빠에게 서운해서, 어깨가 처져 내 방을 나가던 아빠에게 미안해서 눈물이 나왔다. 자꾸만 새어 나오는 울음을 입속으로 우겨 넣었다.

어떻게 알았을까? 엄마는 아빠 모르게 해결하려고 무진 애를 썼다. 상관없었다. 차라리 잘된 일이었다. 언제까지 숨길 수는 없었다. 무거운 짐을 내려놓은 듯 후련하고 홀가분했다.

나중에 들으니, 아빠 친구를 통해 우연히 알게 됐다고 했다. 딸이 우리 학교에 다녔던 것이다. 내 일을 다른 사람을 통해 들어 더 화가 났다고 했다.

36

4

내 몸에 생겼던 상처와 멍은 다 나았다. 하지만 내 마음에
생긴 상처와 멍은 여전히 남아 있었다. 나는 상처와 멍이 들었
던 자리를 찾아가며 손으로 쓸어 보았다.

"무슨 생각을 그리 골똘히 하는 게냐?"

"예? 아……네요."

생각에서 깨어난 나는 어물거리며 책으로 어수선한 평상을
정돈했다.

"무슨 책이기에 할아비가 오는 것도 모르고 푹 빠진 게냐?"

"다락에서 찾았어요."

"점심 먹자."

"예."

점심 식사는 수제비였다. 반찬은 열무김치와 오이소박이. 호박과 감자를 큼직하게 썰어 넣은 수제비는 구수하고 감칠맛이 났다. 나는 후후 불어 식혀 가며 열심히 먹었다.

"책은 재미있더냐?"

할아버지가 물었다.

"예."

나는 흘러내리려는 콧물을 급히 들이켜고 대답했다.

할아버지는 더 이상 묻지 않았다. 엄마였다면 줄거리가 뭐냐, 어떤 부분이 재미있었느냐, 주제는 뭐냐, 벌레로 변한 이유가 뭐냐 등등을 꼬치꼬치 캐물었을 것이다.

나는 수제비를 한 그릇 더 먹었다. 평소엔 호박을 싫어했는데, 푹 끓여서인지 맛있었다. 전분이 우러나 걸쭉한 국물까지 싹 비웠다. 참외까지 깎아 먹었더니 배가 불러 더 들어갈 자리가 없었다. 기분 좋은 트림이 나왔다.

"잘 먹었습니다."

나는 그릇과 수저를 개수대에 넣었다.

평상에 팔베개를 하고 누웠다. 부드러운 바람이 얼굴을 간질였다. 하늘을 가린 이파리들이 살랑살랑 나부꼈다. 빽빽하게 드리운 이파리 사이를 용케 비집고 내려온 햇빛이 가끔씩 내 눈을 찔렀다. 눈을 감고 매미 소리를 듣자니 졸음이 살살 몰려왔다. 나는 어느 순간 벌떡 일어나 두 손으로 얼굴을 마구 문질렀다. 읽을 책이 많았다.

수제비를 먹으면서 땀을 흘렸더니 온몸이 끈적거렸다. 폭포로 가려고 마당을 가로지르는데 휴대전화 벨이 울렸다. 할아버지가 사다리로 올라가 휴대전화를 받았다.

"잘 지낸다……. 그래……. 그래……. 걱정 마라……. 그래……. 한번 물어보마……. 그래."

통화 내용을 들으니 엄마였다.

할아버지가 말하면서 나를 손짓해 불렀다.

"엄마다. 통화할래?"

사다리 밑에 서자 할아버지가 물었다.

잠깐 망설인 나는 고개를 가로저었다.

"싫다는구나. 그래……. 걱정 마라……. 손자가 할아버지한테 놀러 왔는데 폐는 무슨……. 그래……. 그래."

통화는 이내 끝났다. 내가 거절하고도 왠지 아쉽고 서운했다. 모르는 척하고 받으면 될걸. 옹졸하게 행동한 내가 싫었다. 엄마에겐 손톱만치라도 나쁜 감정이 없었다.

나는 학교와 집에서 마음을 잡지 못하고 갈팡질팡했다. 가족을 보는 것도, 학교에서 아이들을 대하는 것도 힘들었다. 담임이 교장에게 불려 가 된통 혼났다는 소문이 돌았다. 그래서인지 그즈음 담임의 얼굴이 장마철 하늘처럼 늘 찌푸려 있었다.

내가 벌인 일이 아닌데도 아이들과 선생님들의 눈치를 봐야 했다. 학교 가는 게 싫었다. 잠자리에 들 때면 아침이 오지 말았으면 싶었다.

늘 어깨가 처져 있는 내가 안돼 보였던지 엄마는 중국 여행을 계획했다. 일주일간 여행을 다녀오면 방학이 될 테고, 아이들은 방학 동안 내 일 따위는 까맣게 잊을 거라고 했다.

나는 여행 갈 마음이 나지 않았다. 학교에 가지 않는 건 좋았지만, 그래도 그건 좀 아니다 싶었다. 도망가는 것 같아 꺼림칙했던 것이다. 사실 다른 대책이 있는 것도 아니었다. 하지만 다들 비겁하다고 손가락질할 것만 같았다. 그래서 가지 않겠다고 했다.

엄마는 뜻을 굽히지 않았다. 여행 가서 훌훌 털어 버리고 오면 좀 나아질 거라고 나를 설득했다. 나는 머리를 내저었다. 끝내 내 의사를 무시한 엄마는 중국행 비행기 표를 예약했다. 엄마는 신청한 여권을 찾아오고, 여행에 필요한 물건들을 샀다.

하지만 떠나기 전날, 그러니까 어제였다. 나는 간단한 쪽지를 써 놓고 혼자 할아버지 댁으로 와 버렸다. 나를 찾느라 쉴 새 없이 울릴 휴대전화까지 놔두고.

그때 일을 생각하면 지금도 머리끝까지 열이 뻗친다.

"너, 생일이 다음 주 목요일이지?"

교문을 나서며 우현이가 물었다.

"근데?"

내가 되물었다.

"기대해. 우리가 이벤트를 준비하고 있거든."

명준이가 날름 내 말을 받았다.

"뭔데?"

호기심이 발동해 아이들을 둘러보았다. 아이들은 저희들끼리 의미 있는 눈빛만 교환할 뿐 더 이상 입을 열지 않았다. 나를 위한 이벤트라고 해서 더 캐묻지 못했다. 다음 주 목요일이면 저절로 알게 될 터였다. 나는 느긋하게 마음을 먹기로 했다.

내 생일날, 아이들이 학교 근처에 있는 패스트푸드점으로 나를 불렀다. 제과점에서 사 온 케이크에 불을 붙이고 생일 축하 노래를 불렀다.

"풀어 봐."

혜정이가 상자를 탁자 위에 올려놓았다.

꽃무늬 포장지를 풀었다. 갈매기가 그려진 청바지와 엠피스리 플레이어가 나왔다.

"요즘 유행하는 노래 몇 곡 다운받아 놨어."

명준이가 말했다.

"다들 고마워. 여기선 내가 쏠게."

나는 벙긋 벌어지려는 입을 애써 다물었다. 안 그래도 엠피스리 플레이어가 고장 나 엄마에게 사 달라고 조르던 참이었다. 두 번이나 서비스 센터에 맡겼는데도 소리가 자꾸 끊어졌다.

이어폰을 귀에 꽂고 엠피스리 플레이어를 작동시켰다. 볼륨을 한껏 높였다. 신제품이라 소리가 아주 죽여줬다. 눈을 감은 채 몸으로 리듬을 탔다.

문제는 다음 날 벌어졌다.

1교시 국어 시간이 시작되자마자 노크 소리가 나더니 교실 앞문이 열렸다. 눈빛으로 국어 선생에게 양해를 구한 담임이 명준이와 혜정이를 불러냈다. 국어 선생이 혀를 차며 저놈들, 또 사고 쳤군, 했다. 담임이 직접 왔다는 건 그만큼 심각한 일임에 분명했다. 좋은 일이건, 나쁜 일이건 보통은 다른 아이를 시켜 불러오게 했던 것이다. 그때부터 내 마음속에 떨어진 불안감이 뿌리를 내리고 싹을 틔우기 시작했다. 명준이와 혜정이가 저지른 잘못이라면 나와도 어떤 식으로든 관련이 있을 터였다. 그런데 아무리 머리를 굴려도 떠오르는 게 없었다. 다른 아이들도 이웃한 학교 아이들과 싸움을 벌인 뒤로는 조용히 죽어지냈던 것이다.

10분쯤 지났을까, 다시 담임이 교실 앞문을 열었다. 이번엔 노크도 없었다.

"최담! 상담실로 따라와!"

굳은 얼굴로 나를 쏘아보는 눈빛이 매서웠다. 목소리도 무언가를 참는 기색이 역력했다. 국어 선생도 담임의 등등한 기세에 눌려 가만히 지켜보기만 했다.

나는 무언가 잘못돼도 대단히 잘못됐다는 걸 직감했다. 담임을 따라가며 머릿속을 차근차근 뒤적였다. 그래도 없었다. 나는 마음을 편히 먹기로 했다. 안달한다고 없는 게 나올 리 없었기 때문이었다.

상담실에는 아이들 몇 명이 꿇어앉아 있었다. 어제 내 생일 축하 자리에 왔던 아이들이었다.

"넌 어떻게 된 애냐. 응?"

의자에 앉자마자 담임이 눈을 치떴다.

"예? 무슨……."

나는 영문을 몰라 되물었다.

"아이들한테 돈 걸으라고 시켰다며. 네 생일 선물 사라고."

"아닌데요."

나는 자신 있게 대답했다. 찜찜하던 마음이 싹 가셨다. 생일 선물이라는 단어가 조금 걸리긴 했지만 내가 시킨 건 분명히 아니니까.

"여기 증거가 다 있으니까 발뺌하려고 하지 마."

담임이 내 앞에 밀어 놓은 종이를 검지로 툭툭 쳤다. 종이에는 1반부터 8반까지 각 반별로 걸은 금액이 정리돼 있었다. 숫자들이 내 눈을 아프게 찔러 왔다.

"아닌데……."

부정하던 나는 채 말이 끝나기 전에 속으로 비명을 질렀다. 그제야 짚이는 게 있었다. 청바지와 엠피스리 플레이어! 아이들이 제 주머니를 털어 모은 돈이 아니란 말인가? 아이들을 곁눈질했다. 고개를 푹 숙인 아이들 정수리만 보였다.

나는 바짝 마른 입술을 핥았다. 잘못한 게 없는데도 가슴이 심하게 뛰었다. 침착해야 해. 나는 스스로 타이르며 두 손을 으스러져라 꼭 쥐었다.

"제가 시킨 게 아닌데요."

나는 떨리는 목소리를 가다듬고 말했다.

"이 녀석이 그래도……."

담임은 기가 막혀 말도 안 나온다는 표정이었다. 화를 참느라 얼굴이 딱딱해진 담임이 크게 숨을 들이마시고 말했다.

"이렇게 증거가 명확한데도 아니라고 우기겠다는 거냐? 정말 어쩔 수 없는 아이로구나."

담임의 눈에 경멸과 혐오의 빛이 가득했다.

"아이들한테 물어보세요."

나는 떨리는 목소리를 숨기며 짐짓 아무렇지도 않은 듯 표정을 지었다.

"유명준! 돈 걸으라고 시킨 게 누구야?"

담임이 싸늘한 눈빛을 나에게 고정한 채 물었다. 그저 눈빛일 뿐인데도 나를 옥죄고 있는 것 같아 숨이 막혔다.

"……."

"누가 시켰냐고 물었잖아!"

담임이 버럭 고함을 질렀다. 무겁게 가라앉아 있던 공기가 놀란 새 떼처럼 날아올랐다. 담임의 고함에 명준이뿐만 아니라 다른 아이들도 어깨를 후드득 떨었다.

"다, 담이가, 최담이……."

명준이 겁에 질린 목소리로 말끝을 흐렸다. 그래도 양심은 있는지 차마 나머지 말은 하지 못했다. 찌질이 같은 자식. 무릎이 꺾이려 했다. 쓰러지지 않으려고 오금에 힘을 주었다.

담임이 찌르는 눈길로 나를 보았다. 그래도 발뺌하겠냐는 질책이 담겨 있었다.

"더 이상 말할 것 없다. 어머니 오시라고 했으니까 너도 저기 가서 꿇어앉아!"

담임이 가리킨 자리로 가면서 아이들 뒤통수를 하나하나 노려보았다. 배신감에 진저리를 치면서. 나는 일부러 굼뜨게 움직였다. 잘못이 없다는 걸 항변할 수 있는 방법이 고작 그것밖에 없었다.

내가 시킨 게 아니라는 건 곧 밝혀졌다. 그렇다고 내 무죄가 증명된 건 아니었다. 돈을 걸게끔 내가 일진 아이들과 어떤 식으로든 공모했을 거라는 게 담임과 일진 아이들 부모의 생각이었다. 아니라고 말했지만 소용없었다. 우현이 엄마는 엄마에게 전화를 걸어 이번 일을 책임지라고 항의까지 했다.

내 말을 묵살했던 담임은 나에게 사과하지 않았다. 주도해서 돈을 걸었던 일진 아이들도 사과하기는커녕 나를 슬금슬금 피하기만 했다. 다른 아이들도 여전히 내가 시킨 거라고 믿는 눈치였다. 억울하고 분한 건 둘째 치고 내 말을 믿어 줄 사람이 아무도 없다는 게 무서웠다.

나는 혼자였다.

5

아침 설거지를 끝낸 할아버지는 평상에서 약초와 버섯을 손질하고 있었다. 책 먼지가 들어갔는지 눈이 뻑뻑하고 간질간질했다.

어제, 다락을 치운 뒤론 내내 책을 읽었다. 화장실 갈 때나 물 마실 때 말고는 책에다 코를 박고 있었다. 의자에 앉아 읽는 게 불편하면 방바닥에 엎드렸다. 그러다 허리가 아프면 벽에 등을 기대고 앉았다.

그 전에는 몰랐는데, 마음을 다스리는 데는 독서가 최고였다. 책 속에 푹 파묻혀 있으니 잡념이 끼어들 틈이 없어서 좋았다.

나도 모르게 자꾸 눈으로 손이 갔다. 눈을 거울에 비춰 보았더니 눈에 핏발이 섰다. 아직도 읽을 책이 많았지만 충혈이 가라앉기를 기다리기로 했다.

나는 할아버지가 쓴 약초를 먹으라고 할까 봐 조마조마했다. 할아버지는 약초에 대해 모르는 게 없었다. 아빠 말로는 어지간한 한의사보다도 나은 실력이라고 했다.

할아버지는 주위 사람들이 말리는 걸 뒤로하고 이곳으로 들어왔다. 내가 다섯 살 때였다고 하니까, 벌써 9년이나 되었다.

대장암에 걸린 할아버지에게 의사는 짧으면 1년, 길어야 2년밖에 못 산다고 했다. 그런 진단을 받고도 할아버지는 항암 치료를 마다했다. 의사가 처방해 준 약도 거부하고 오로지 약초와 버섯으로만 치료했다. 이젠 완치되었다고 봐도 좋았다. 작년에 받은 검사에서도 암세포가 하나도 발견되지 않았다. 모두들 기적이라고 했다.

"눈은 좀 어떠냐?"

할아버지가 물었다.

"괜찮아요."

나는 정말 아무렇지도 않은 것 같은 표정을 지었다.

"그래. 약을 쓸 정도는 아니로구나. 자꾸 비비지 마라."

내 눈꺼풀을 까 본 할아버지가 말했다. 나는 안도의 한숨을 내쉬었다.

평상에는 여러 종류의 약초와 버섯이 무더기로 쌓여 있어 내가 올라갈 자리도 없었다. 평상 모서리에 턱을 괸 채 물었다.

"지금 들고 계신 건 뭐예요?"

"도둑놈의 지팡이란다."

"이름이 뭐 그래요? 구려요."

"냄새는 전혀 안 나는데?"

"그런 뜻이 아니고요."

할아버지는 '구리다'의 원래 뜻을 생각하고 말한 것이다. 똥이나 방귀 냄새를 구리다고 하니까.

"그럼?"

"이름이 별로라고요."

평소엔 문제가 없다가도 내가 유행어를 쓸 땐 한 번씩 대화가 막히곤 한다. 할아버지는 텔레비전도, 신문도 보지 않아 세상일에 둔감했다. 할아버지 앞에선 유행어를 쓰지 않도록 조심하는 편인데도 나도 모르게 불쑥 나오곤 한다.

"으응. 좀 그렇지? 하지만 이름은 그래도 여름철에 달여 마시면 더위도 이기고, 입맛도 잃지 않지. 소화도 잘되고."

"얘는요?"

내 앞에 있는 연한 자주색 꽃을 턱으로 가리켰다. 나팔꽃처럼 생겼는데, 줄기에 붙은 이파리 가장자리가 불규칙한 톱니 모양이었다.

"독말풀이다. 원산지가 외국이지. 약초 농가에서 들여와 재배하던 게 야생으로 퍼져 나간 귀화식물이다. 잎은 천식에 좋지. 천식 알지? 가끔씩 호흡 곤란이 생기는 병 말이다. 꽃은 류머티즘 치료에 사용한다. 독말풀은 마취를 하거나 통증을 멈추게 하는 데도 쓰지. 독성이 있어 사용에 주의해야 한다."

할아버지는 묻지도 않은 효능까지 설명해 주었다.

"재는요?"

"그거 만지면 큰일 난다. 옻나무 껍데기다."

"옻나무도 약이 되나요?"

"이 세상에 존재하는 건 모두 약이 된단다. 오죽하면 개똥도 약에 쓰려면 없다는 말이 있을까."

"에이, 어떻게 똥을 약으로 써요?"

"아니다. 맞거나 부딪쳐서 생긴 심한 멍을 어혈이라고도 하는데, 어혈이 심한 환자에겐 똥물을 먹였다."

"똥물이요?"

나는 이맛살을 구겼다.

"그래, 똥물. 대나무를 재래식 화장실에 박아 두면 맑은 똥물이 고이는데, 그걸 받아다가 환자에게 먹였지."

"정말요?"

생각만 해도 속이 메슥거렸다.

"이 할아비가 어릴 때 동네에 똥물을 마신 사람이 있었는데, 그 사람 말이 얼른 마시고 생강 한 조각 씹으면 아무렇지도 않다더라. 세상에 있는 것들은 아무리 하찮고 보잘것없어 보여도 제각각 맡은 역할이 다 있지. 저기 있는 붉은색 꽃이 뭔지 아니?"

말끝에 할아버지가 물었다.

나는 고개를 가로저었다.

"봉선화다. 봉숭아라고도 하지."

"손톱에 물들이는 꽃이요?"

내가 아는 체를 했다.

"옳지, 아는구나. 류머티즘에 봉선화를 달여 먹으면 좋다. 뱀에 물렸을 때 꽃이나 잎을 찧어서 발라도 효과가 있지. 맞거나 부딪쳐서 생긴 상처에도 잎을 짜서 마시지. 그런데 봉선화씨는 독성이 아주 강하단다. 어른도 씨를 많이 먹으면 죽을 수도 있지."

"정말요?"

놀라움의 연속이었다. 도시에서도 볼 수 있는 봉선화가 약초로 쓰인다니 뜻밖이었다. 더군다나 고운 빛깔을 내는 봉선화에 그런 어두운 면이 있다니 더욱 놀라웠다.

"그럼. 빛이 있으면 어둠이 있고, 탄생이 있으면 죽음이 있지. 여자가 있으면 남자가 있고, 잘난 사람이 있으면 못난 사람도 있기 마련이지. 극과 극이 공존하면서 조화를 이루는 게 세상의 이치란다."

잘난 사람과 못난 사람이 공존하며 조화를 이룬다? 찔리는 게 있는 나는 나를 두고 하는 말인가 싶어 속이 뜨끔했다.

"쟤는요?"

나는 얼른 말머리를 돌렸다.

"달걀버섯이란다."

"색깔이 화려하면 독버섯 아닌가요?"

달걀버섯은 이름처럼 달걀노른자 색이었다.

"흔히 그렇게들 오해하지. 다 그런 건 아니란다. 달걀버섯은 독버섯인 광대버섯과의 한 종류이긴 하지. 독성이 강한 개나리광대버섯과 비슷하게 생겨서 먹을 땐 주의해야 한단다. 호박잎에 싸서 구워 먹으면 아주 맛있지."

이것저것 물어보던 나는 그것도 곧 시들해졌다.

집 주위를 기웃거리다 약초 창고로 갔다. 문을 열자 쌉쌀하면서도 향긋한 냄새가 코를 찔렀다. 뻑뻑한 눈이 다 낫는 느낌이었다. 나는 조금이라도 더 그 냄새를 쐬려고 눈을 크게 떴다.

천장과 벽에는 양파를 넣는 망에 넣어 둔 약초와 산나물이 박쥐 떼처럼 매달려 있었다. 더러는 지푸라기에 굴비처럼 묶여 있기도 했다. 벽면을 따라 나무로 짠 선반에도 갖가지 말린 버섯과 약초들을 올려 두었다. 대소쿠리에는 말린 꽃잎을 색깔별로 담아 두었다. 꽃잎을 넣어 둔 유리병도 즐비했다. 할아버지는 꽃잎으로 차를 만들어 마셨다. 우리 집에도 사용법을 적은 종이를 넣은 약초며 버섯, 꽃잎을 택배로 부쳐 오곤 했다. 엄마 아빠는 건강을 생각해서 부지런히 먹고 마셨지만 내 입에는 하나같이 맞지 않았다.

나는 창고 안의 냄새를 다 들이마실 듯 한껏 숨을 들이쉬었다. 아무리 무겁고 위태로운 병이라도 단번에 나을 것 같은 기분이었다. 족히 수백 가지나 되는 약초와 산나물, 버섯에 할아버지는 이름과 효능을 적어 같이 넣어 두었다. 나는 그것들을 하나하나 외웠다. 한두 가지가 아니어서 자꾸 까먹었다. 같은 걸 반복하고 있자니 곧 따분해졌다.

폭포에서 조금 올라가면 살구나무 한 그루가 있었다. 사람이 돌보지 않아 살구 알은 작았지만 기가 막히게 달았다. 지금쯤이면 살구가 여물 때였다. 사람이 다니지 않아 웃자란 풀숲을 헤치고 나아갔다. 흙 바깥으로 나온 나무뿌리를 잡고 비탈진 곳을 올랐다.

살구가 여기저기 떨어져 있었다. 반쯤 썩어 가는 것도 있고, 물크러져 버린 것도 있었다. 나보다 먼저 온 청설모들이 살구나무를 오르락내리락했다. 내가 다가가도 도망가기는커녕 살구를 먹으면서 멀뚱히 내려다보기만 했다.

"저리 가!"

나는 발을 구르며 소리쳤다. 청설모 두 마리가 놀라서 살구나무 꼭대기로 옮겨 갔다. 하지만 대부분은 그 자리에서 눈도 꿈쩍하지 않았다.

"저리 안 가!"

나는 돌을 주워 던졌다. 청설모들이 우르르 나무에서 내려와 도망갔다. 미련이 남은 청설모 몇 마리가 멀리 가지 않고 살구나무 주위를 얼씬댔다. 돌을 던지면 멀리 갔다가 슬금슬금 되돌아왔다.

나는 땅에 나뒹구는 살구 중에서 멀쩡한 걸 골랐다. 두 손으

로 쥘 수 있는 만큼만 주웠다. 오다 돌아보니 청설모들이 어느
새 살구나무에 올라가 있었다. 청설모들을 쫓으려고 발길을
돌리던 나는 이내 생각을 바꾸었다.

"할아버지, 제가 미순이 좀 빌려도 돼요?"

"그러렴."

"미순이 목줄은 어디 있어요?"

"목줄은 왜?"

"쓸데가 있어서요. 어디 있어요?"

"집 뒤쪽 처마에 걸려 있을 게다."

할아버지는 더 묻지 않았다.

평상 옆에 엎드려 있는 미순이 목을 살살 긁어 주며 목줄을
채웠다. 목줄이 불편해 목을 이리저리 비틀고, 뒷발로 목덜미
를 긁어 대는 미순이를 살구나무로 데리고 갔다.

미순이는 청설모를 보고도 적대감을 나타내지 않았다. 그저
두어 번 컹컹 짖을 뿐이었다. 하긴, 오다가다 자주 보았을 것이
다. 청설모들이 앞다투어 달아났다. 나는 살구나무에 미순이
를 묶어 두었다.

"잘 지켜! 알았지?"

나는 미순이에게 명령했다. 미순이는 끙 하고 앓는 소리를
냈다. 청설모들은 그림자도 비치지 않았다.

평상으로 돌아와 누웠다. 심심했다. 이럴 줄 알았으면 휴대
전화라도 가져올걸. 아쉬운 대로 휴대전화에 내장된 게임이라

도 하면 덜 심심할 텐데. 할아버지의 휴대전화가 있지만 엄마와의 통화를 거부한 터라 달라고 할 수가 없었다.

게임을 하고 싶어 몸이 근질거렸다. 눈을 감았다. 상대방의 발차기 공격을 막는다. 위, 아래. 주먹으로 공격한다.

"뭐 하는 게냐?"

눈을 떴다. 할아버지가 나를 내려다보고 있었다.

"예……?"

내 두 손이 허공에서 자판 두드리는 시늉을 하고 있었다. 머쓱해진 나는 슬그머니 손을 내렸다.

오늘이 화요일, 2교시쯤 됐을 테니까 수학 시간이겠지. 학교 생각을 했더니 자연스레 아이들 얼굴이 하나씩 떠올랐다.

"나쁜 자식들!"

나도 모르게 나직이 내뱉었다.

"뭐라고?"

할아버지가 내 쪽으로 몸을 기울여 왔다.

"아니에요."

나는 머릿속에서 아이들 얼굴을 지우기 위해 벌떡 일어났다. 여기까지 와서 아이들 때문에 기분 상하고 싶지 않았다.

나는 두리번거리며 신 나고 재미있는 일이 뭘까 궁리했다. 할아버지 댁으로 올라오는 길목에 뱀딸기가 많았던 게 생각났다.

사기대접에 뱀딸기를 따서 넣었다. 뱀딸기로 뭘 어쩌겠다는 작정은 없었다. 그냥 심심풀이였다. 내 팔 길이만 한 가지를 주위 풀을 헤쳤다. 빨간 뱀딸기는 지천으로 널려 있었다. 녹색 풀 숲을 배경으로 해서 색이 더 도드라져 보였다. 빛깔은 먹음직스러운데, 먹으면 아무런 맛도 나지 않았다.

사기대접 반이 금세 찼다. 손이 닿는 곳은 다 따서 앉은걸음으로 옮겨 가는 참인데, 왼쪽 발목이 잔가시에 찔린 것처럼 따끔했다. 뭔가 싶어 내려다보았다. 뱀 꼬리가 풀숲 사이로 미끄러지듯 사라지고 있었다. 머리카락이 쭈뼛 서며 소름이 좍 돋았다.

나는 황급히 주저앉아 발목을 들여다보았다. 두 군데에 피가 송골송골 맺혀 있었다.

물렸다!

뱀에게 물리면 심장으로 통하는 부분을 묶어야 한다는 말을 들은 적이 있다. 발목 위를 두 손으로 꽉 움켜잡았다. 죽을지도 모른다는 두려움이 몰려왔다.

"할아버지! 할아버지!"

겁에 질린 내 목소리는 잔뜩 억눌려 나왔다.

아주 짧은 시간이었지만 별별 생각이 다 머릿속을 스쳐 갔다. 이러다 죽는 게 아닐까. 다리를 자르고 평생 목발을 짚고 다녀야 하는 게 아닐까. 다리 하나로는 축구를 못할 텐데. 나중에 취직이나 제대로 할까. 나는 발목을 움켜쥔 손에 힘을 더 주었다.

"왜 그러느냐?"

멀리서 할아버지 목소리가 들려왔다.

"여기예요! 뱀, 뱀한테 물렸어요."

너무 긴장한 나머지 목소리가 갈라져 나왔다.

"뭐?"

할아버지가 풀을 헤치며 다가오는 소리가 들렸다.

어지러웠다. 기분이 그런 건지 정말 그런 건지 분간하기 어려웠다. 눈앞이 흐려졌다. 나는 모로 쓰러졌다.

할아버지가 나타났다. 거친 숨을 몰아쉬는 할아버지는 얼굴이 딱딱하게 굳었다.

"어디냐, 어디!"

내 몸을 살피는 할아버지를 보며 나는 정신을 잃었다.

6

"너 어디 아프냐?"

"응."

"어디가?"

"다 아파. 다리도 아프고, 마음도 아파."

"다리는 왜?"

"뱀에게 물렸어."

"마음은 또 왜?"

"친구들한테 배신당했어."

"그래? 날 따라오면 다 낫게 해 주지."

"정말?"

"그렇다니까. 일어나."

눈을 반쯤 떴다. 내 앞에 뭔가가 서 있었다. 키가 작았다. 몸집도 작았다. 꿈속인가? 그런데 그때, 창문으로 찬바람이 들어왔다. 꿈이 아니었다. 소스라치게 놀라 잠이 확 달아났다. 창문이 왜 열려 있지? 나에게 말을 시킨 이것이 창문으로 들어왔나?

"누, 누구?"

"누군지는 알 거 없고 어서 가방 꾸려."

"무슨 가방?"

"여행 가는데 맨몸으로 갈래?"

나는 얼떨결에 주섬주섬 가방을 쌌다. 가방에 넣을 짐이랬자 옷가지가 전부였다.

"옷도 입고."

나는 시키는 대로 따랐다.

"그런데 누구야?"

창문으로 들어온 달빛에 키 작은 생물체의 모습이 보였다. 눈을 더 크게 떴다. 놀랍게도 청설모였다. 어처구니가 없었다. 청설모가 두 발로 서 있다니. 극기 훈련장의 조교 아저씨들처럼 챙이 길고 넓은 모자를 깊숙이 눌러쓴 청설모는 왼손에 든 지시봉으로 오른손 바닥을 툭툭 쳤다.

"최담!"

나직하나 단호해서 상대방에게 위압감을 주는 목소리였다. 청설모가 말을 하다니! 놀라웠다. 내 이름을 아는 것도 신기했다. 두 발로 서서 말을 하는 청설모라. 뭐가 뭔지 혼란스러웠다.

"예."

나는 얼결에 높임말로 대답했다.

키와 몸집은 내가 훨씬 컸지만 굵고 쉰 목소리로 짐작건대 청설모의 나이를 사람으로 치면 40대나 50대 정도일 것 같았다.

"나를 따라와라."

"어디를요?"

"따라와 보면 안다. 그리고 이제부터 근무 수칙 제8조 제12항에 따라 어떠한 질문도 받지 않겠다."

모든 게 궁금했지만 너무 무뚝뚝해서 더 이상 묻지 못했다.

발걸음을 내디디던 나는 퍼뜩 뱀에 물렸다는 데 생각이 미쳤다. 허리를 숙여 왼쪽 발목을 보았다. 멀쩡했다. 착각했나 싶어 오른쪽 발목을 살펴도 뱀 이빨 자국은 없었다. 몇 발짝 걸어 보았지만 아프지 않았다.

"할아버지께 말하고……."

"말하지 않아도 된다."

청설모가 말허리를 잘랐다.

"그래도……."

"어허!"

청설모가 못마땅하다는 듯 혀를 찼다.

나는 찍소리도 못하고 시키는 대로 따랐다. 반말과 명령조에서 거역하기 어려운 힘이 느껴졌다. 모자를 가져오지 않은 게 생각났지만 잠자코 따라갔다.

마당은 안개가 잔뜩 껴 코앞도 분간하기 어려웠다. 나는 앞서 가는 청설모 뒤에 바짝 붙었다. 청설모가 지나갈 때마다 안개가 양쪽으로 물러났다. 청설모를 알아보고 길을 열어 주는 것 같았다.

청설모가 약초 창고로 들어갔다. 쌉쌀하고 향긋한 냄새에 코가 마비될 지경이었다. 밤에 맡으니 향기가 더 진했다.

"왜 여길 온 거죠?"

"시간 없어. 빨리 따라와! 아까도 말했지만 질문은 받지 않는다. 넌 시키는 대로만 하면 돼."

대답 대신 청설모가 나를 몰아세웠다.

쬐끄만 게!

나는 청설모 뒤통수를 노려보며 종주먹을 들이댔다. 하지만 잠시 멈췄다가 다시 청설모 뒤를 따랐다. 왠지 그래야 할 것 같았다. 거친 손길로 가방을 고쳐 메는 것으로 상한 기분을 달랬다.

"열어라."

출입문 맞은편 벽까지 곧장 걸어간 청설모가 갑자기 옆으로 비켜섰다. 챙에 가려 얼굴은 보이지 않았지만 농담하는 것 같진 않았다.

"여긴 벽인데요."

그런데 이상했다. 당연히 벽에 붙어 있어야 할 선반이 없었다. 천장과 벽에 매달아 둔 약초와 산나물도, 선반에 올려 둔 버섯과 약초도, 대소쿠리와 유리병에 담아 둔 꽃잎도 없었다.

약초 창고에는 아무것도 없었다. 텅 빈 약초 창고에서 청설모와 내 목소리가 울렸다.

"참, 사람 눈엔 안 보이지."

혼잣말처럼 중얼거린 청설모가 지시봉으로 벽에 직사각형을 그렸다.

"자, 이젠 보이겠지? 열어라!"

"……."

어이가 없기도 하고 당황스럽기도 했다. 이게 뭐 하자는 짓인가 싶었다. 직사각형은 내가 허리를 구부려야 겨우 들어갈 정도였다. 그건 두 발로 선 청설모가 손, 아니 발을 위까지 최대한 뻗은 높이이기도 했다.

나는 직사각형으로 표시된 부분을 슬며시 밀었다. 그런데 내 손길을 기다리고 있었다는 듯 삐거억 하며 뒤로 밀렸다. 내가 해 놓고도 믿기지 않아 주춤 뒷걸음질 쳤다. 별 기대를 하지 않은 터라 놀라움은 더 컸다.

안은 어두침침했다.

"들어가자."

청설모가 다시 앞장섰다. 잠시 주저하던 나는 용기를 내 쭈뼛거리며 들어갔다. 하지만 눈앞에 펼쳐진 광경에 우뚝 멈추고 말았다.

침을 삼키고 나서 눈을 부릅떴다.

61

거대한 원통 안에 일정한 간격으로 셀 수 없이 많은 사각형이 있었다. 내가 나온 문도 그 사각형 중 하나였다. 어두웠지만 보일 건 다 보였다.

원통 안은 뒷목이 아프도록 고개를 젖혀도 그 끝이 보이지 않았다. 높이뿐만 아니라 지름도 장난이 아니었다. 고물고물 움직이는 건너편 사람들이 새끼손가락만 했다. 원통 안은 수많은 층으로 이루어졌고, 층과 층 사이는 또 무수히 많은 계단으로 연결돼 있었다.

잠깐 한눈을 판 사이 청설모가 저만치 가고 있었다.

"같이 가요."

앞서 걷던 청설모는 막 계단을 오르기 시작했다. 계단이 잘 보여 걷는 데는 불편하지 않았지만 난간이 없었다. 까마득한 아래로 추락할 수도 있다는 생각이 들자 정신이 번쩍 들었다. 나는 발을 재게 놀려 청설모 뒤에 바짝 붙었다. 내 발걸음 소리가 크게 들렸다. 청설모는 몸놀림이 가벼운 데다 맨발이어서 거의 소리를 내지 않았다.

수많은 사람들이 오가는데도 말소리 하나 들리지 않았다. 마주친 사람들은 약속이나 한 듯 조용히 엇갈려 지나갔다. 내 옆으로도 여러 사람이 스쳐 지나갔다. 나보다 더 어린 아이에서부터 지팡이를 짚은 노인까지 연령대가 무척 다양했다. 그 사람들은 어김없이 동물 뒤를 따르고 있었다. 돼지, 개, 오리, 고양이, 비둘기, 까치, 쥐 등등이 보였다. 네발짐승은 모두 청설모처럼 두 발로 걷고 있었다.

　다시 누군가와 비켜 가려는 순간, 그 사람이 알은체를 했다.

　"담아……."

　나는 눈을 크게 떴다. 놀랍게도 명준이였다. 명준이는 이구아나의 인도를 받고 있었다. 작은 배낭을 멘 명준이가 어색하게 웃었다. 미안하기도 할 것이다. 내가 하지도 않은 일을 했다고 했으니. 명준이가 뭐라 하려고 입술을 달싹였다. 나는 명준이를 차갑게 외면하며 지나쳤다. 나를 쳐다보고 있는 명준이의 눈길이 뒤통수로도 느껴졌다.

　이런 곳에서 만나니 반갑기도 했다. 그렇지만 도저히 용서할 수가 없었다. 나는 돌아보지 않고 곧장 걸었다. 체한 것처럼 마음이 영 불편했다. 눈앞에 어른거리는 명준이 얼굴을 지우려고 머리를 세게 저었다. 명준이와 내가 여기 와 있는 걸 보면 여기 있는 사람들은 모두 나쁜 짓을 한 모양이었다. 나쁜 짓이 아니라면, 적어도 좋은 일로 온 게 아닌 것만은 확실했다.

　무수히 많은 문을 지나쳤다. 길을 따라 걷다가 계단에 오르기를 여러 차례 반복했다. 열네 번째 계단까지 세다 말았다. 발걸음이 빠른 청설모를 따라잡기에도 벅찼던 것이다. 뒤를 돌아보았다. 일정한 간격으로 있는 문은 모두 똑같이 생겨 그 문이 그 문 같았다. 내가 들어온 문을 혼자 찾아가는 건 불가능했다.

　청설모가 어느 문 앞에 멈추었다. 갑자기 서는 바람에 하마

터면 청설모와 부딪칠 뻔했다.

"들어가 봐."

문을 연 청설모가 한쪽으로 비켜났다.

"왜 들어가야 하…… 죠?"

"근무 수칙 제8조 제12항에 따라 질문은 받지 않겠다고 했다."

청설모의 말투엔 거역할 수 없는 위엄이 서려 있었다.

"그, 그래도 왜 들어가야 하는지는 아, 알아야 하지 않을까요?"

주눅이 든 나는 말을 더듬었다.

"너도 하고 싶은 대로 하고 살면서 일일이 설명하지 않았잖아. 그런데 내가 왜 너한테 친절하고 자상해야 하지?"

"그래도……. 그럼 누구신지라도 말해 주세요."

나에 대해 잘 알고 있는 것처럼 말해 속이 뜨끔했다.

"나? 나로 말할 것 같으면 청설모다. 더 구체적으로 말해 줘?"

고개를 끄덕인 나는 청설모의 다음 말을 기다렸다. 다른 정보가 필요했다.

"네가 살구나무에서 쫓아낸 청설모 중 하나지."

모자를 눌러쓰고 있어 청설모의 표정을 읽을 수는 없지만, 어쩐지 입가에 비웃음을 물고 있을 것 같은 말투였다.

"됐지? 빨랑 들어가!"

청설모가 지시봉으로 내 등을 꾹 쑤셨다.

"하나만, 딱 하나만 더요. 우리가 서 있는 여긴 어디죠?"

나는 지시봉을 피하면서 물었다.

"말이 많군. 근무 수칙 제8조 제12항에 따라 질문을 받지 않는다. 지금부터 하는 말은 네 질문에 대한 대답이 아니라 네가 알아야 할 사실을 알려 주는 것이다. 여기는 너같이 사회질서를 어지럽히는 사람들이 새롭게 태어나는 곳이다. 봐라. 문들이 많지? 그만큼 너 같은 사람들이 많다는 뜻이다. 저 문들마다 다른 코스가 기다리고 있지. 넌 아직 어려서 힘들지 않은 코스로 골랐으니까 잘해 봐. 이젠 들어가!"

내가 사회질서를 어지럽혔다고? 어이가 없었다. 날 범죄자 취급하는 건 따지고 넘어가야 했다. 돌아서서 입을 열려는 순간 청설모가 나를 문 안으로 밀어 넣었다. 중심을 잃은 나는 휘청거렸다.

어두운 데서 갑자기 밝은 곳으로 나서자 눈이 부셨다. 나는 눈을 여러 번 깜짝여 빛에 적응했다. 이윽고 주위 풍경이 눈에 들어왔다.

나는 숲 속으로 난 오솔길 가에 서 있었다. 내가 나온 문은 온데간데없었다. 당연히 청설모도 없었다.

나무들이 하늘을 찌를 듯 솟아 있었다. 잎이 넓은 활엽수였다. 휴양림이나 캠프 가서 본 나무들도 있지만, 대부분 낯설었다.

싱그러운 향기로 가득 찬 숲 속에는 수상하고 기분 나쁜 적막만 흘렀다. 나는 두려워서 사방을 둘러보았다. 신음 소리 같은 한숨이 절로 나왔다.

어디를 보나 나무와 풀뿐이었다. 넝쿨이 나선형으로 친친 휘감아 올라간 나무도 있었다. 넝쿨 잎은 끝이 다섯 개로 길게 나뉘어 꼭 사람 손가락처럼 생겼다. 수많은 그 손들이 나를 공격하는 것 같아 등에서 진땀이 났다.

두려움에 나는 잠시도 가만히 있을 수 없었다. 왼쪽을 보고 있으면 오른쪽에서 뭔가가 다가오는 느낌이 들고, 뒤로 고개를 돌리면 앞에서 서늘한 기운이 느껴졌다. 신경이 곤두설 대로 곤두선 나는 곧 지치고 말았다. 어떻게든 되겠지 싶어 나무 둥치에 기대앉았다.

새소리가 숲 속에 울려 퍼졌다.

막막한 심정으로 있자니 문득 엠피스리 플레이어가 떠올랐다. 할아버지 댁에 올 때 엠피스리 플레이어와 갈매기가 그려진 청바지를 챙겨 왔다. 엄마가 아이들에게서 걷은 돈을 되돌려 주었다. 불에 태우든 땅에 묻든 계곡 아래로 던져 버리든, 이것들을 어떻게 처리하느냐는 내 맘이었다. 버리자니 비싼 물건이어서 아깝고, 가지고 있자니 안 좋은 기억이 자꾸 떠올랐다. 한마디로 골칫덩어리 애물단지였다.

나는 이어폰을 귀에 꽂고 시작 버튼을 눌렀다. 경쾌한 음악이 고막을 때렸다. 볼륨을 높이고 어깨를 흔들었다. 한참 음악에 열중해 있는데, 누군가 내 어깨를 쳤다. 화들짝 놀라 이어폰을 뽑았다.

"어이, 친구, 여기서 뭐 하는 거야?"

동물들이 나를 둘러싸고 있었다. 당나귀, 고양이, 개, 닭.

"여기서 뭐 하냐니깐?"

나에게 말을 건 동물은 당나귀였다. 이미 청설모와 대화를 나눈 터라 당나귀가 말을 한다고 해서 신기할 것도, 놀라울 것도 없었다.

"길을 잃었어요."

그간의 경위를 설명하자면 길어 대충 둘러댔다.

"저런!"

닭이 동정하는 뜻으로 혀를 찼다. 머리에 붉은 볏이 없는 걸 보니 암탉이었다.

"이렇게 깊은 숲 속에 두고 갈 수도 없고, 데리고 갈 수도 없고 어쩐다."

당나귀가 난감한 얼굴로 다른 동물들을 돌아보았다.

"그냥 두고 가. 쟨 나를 살구나무에 묶었어. 목줄을 채워서 말이지. 내가 줄에 묶이는 걸 얼마나 싫어하는데."

개가 쌀쌀맞은 얼굴로 말했다. 살구나무? 개를 찬찬히 뜯어보았더니, 놀랍게도 미순이였다.

"미순아!"

나는 반가워서 미순이에게로 한 걸음 다가갔다. 미순이는 나를 외면했다.

"미순아……."

나는 당황스럽기도 하고, 섭섭하기도 했다.

"그래? 나도 반대야. 인간이라면 어른이고 아이고, 남자고 여자고 아주 넌더리가 나. 나를 귀엽다고 하던 집주인은 나를 버렸어. 아이들은 쓰레기통을 뒤지는 나만 보면 재미 삼아 괴롭혔지. 어휴! 생각만 해도 끔찍해. 실은 재한테도 쫓긴 적이 있어."

눈을 사납게 치뜬 고양이가 고개를 절레절레 내둘렀다.

"내가 언제……?"

고양이를 유심히 보았다. 전체적으로 갈색 털인데 등 쪽은 검은 털, 네 발목과 가슴은 희었다. 왼쪽 눈 아래에 흰 털이 조금 나 있었다. 기억에 없었다.

"언제? 기억을 잘 더듬어 봐."

고양이가 반문하며 코웃음을 쳤다.

"……."

"내 이럴 줄 알았어. 글쎄, 이렇다니까. 심심풀이로 괴롭히니까 기억에 없지. 2년 전, 5월 21일, 오후 5시 40분경. 네 친구 훈식이 알지? 개네 집에 놀러 갔다가 나오는 길에 쓰레기봉투를 뒤지는 나를 보곤 막 쫓아왔잖아. 그때, 사람이 먹다 버린 오징어 다리를 먹고 있었는데 말이지. 그건 열흘 만에 먹어 보는 비린 거였어. 음식물 분리수거가 시작된 뒤로 비린 걸 구경하기가 힘들어졌는데 말이지. 쫓기다가 다시 가 봤더니 다른 고양이가 벌써 물어 갔더라고. 내가 비린 걸 얼마나 좋아하는지는 알지?"

"그, 그랬다면 미안해."

너무 오래된 일이라 그랬던 것도 같고, 아닌 것도 같았다. 하지만 훈식이를 아는 걸 보면 꾸며 낸 얘기 같지는 않았다. 그즈음, 훈식이가 게임 타이틀을 새로 사서 집 문턱이 닳도록 드나들었으니까. 고양이의 마음을 푸는 게 급선무여서 무조건 사과부터 했다. 고양이는 새침한 얼굴로 내 간절한 눈길을 피했다.

"어떡하지?"

당나귀가 다른 동물들의 얼굴을 차례로 둘러보았다.

"그냥 데리고 가면 안 될까? 개와 고양이의 마음을 모르는 건 아냐. 모르긴 몰라도 인간에게 당한 걸로 치면 내가 더할걸? 내가 달걀을 낳는 족족 다 빼앗아 갔으니 말이야. 아마 이 아이도 내가 낳은 달걀을 먹었을지도 몰라. 그렇다고 해도 이 아일 여기에 두고 가는 건 옳지 않다고 봐. 만약 그런다면 우리가 만날 흉보는 인간과 뭐가 달라?"

암탉이 조심스레 말을 꺼냈다.

"난 반대야!"

"나도!"

미순이가 잘라 말하자 고양이도 나에게서 고개를 획 돌렸다.

잠시 어색한 침묵이 흘렀다. 풀벌레 소리와 새소리가 들려왔다. 어딘지도 모르는 숲 속에 홀로 남겨지는 게 무서웠다. 어떻게든 동물들과 일행이 되어야 했다. 나는 애걸하는 얼굴로 미순이와 고양이를 차례로 보았다. 마음만 조급했지 이 상황을 벗어날 묘안이 없었다.

"그럼 투표로 결정하는 건 어때?"

암탉이 제안했다.

"그러자. 언제까지 여기서 이러고 있을 순 없잖아. 머잖아 날도 저물 텐데."

당나귀가 주위를 둘러보면서 말했다.

"그래."

"나도 좋아."

미순이와 고양이도 동의했다.

"이 아이와 함께 가자는 쪽에 찬성하는 동물은 손을 들어 주세요."

당나귀가 말하고 나서 앞다리를 들었다. 암탉도 한쪽 날개를 들었다.

"그럼 반대하는 동물."

미순이와 고양이가 앞다리를 들었다.

"찬성과 반대가 같은 수야. 어쩌지? 결판이 안 날 것 같은데."

당나귀가 한숨을 푹 내쉬었다. 암탉도 측은한 눈길로 나를 보았다.

"내가 어떻게 하면 너희들 마음이 풀리겠어?"

낙담한 나는 미순이와 고양이를 번갈아 보면서 절박하게 말했다.

내가 아무 생각 없이 저지른 일이 이들에게는 이토록 마음의 상처가 될 줄은 몰랐다. 그럴 법도 했다. 자유롭게 뛰놀던 미순이에게 목줄을 맸으니. 고양이가 열흘 만에 본 오징어 다리를 못 먹게 했으니.

미순이와 고양이는 여전히 쌀쌀맞은 얼굴이었다.

"미안해."

나는 진심으로 사과했다.

"뭐가?"

미순이가 물었다.

"너희에게 못되게 군 거."

"정말?"

"정말 미안해."

"정말이지?"

나는 고개를 끄덕였다.

"이제 됐어. 네 마음 알았으니까."

미순이가 내 눈을 말끄러미 들여다보며 말했다. 고마워서 콧날이 시큰했다.

"그럼 함께 가는 걸로 결정된 거다?"

암탉이 말했다.

"그래."

다들 우렁찬 목소리로 대답했지만 고양이만 마지못해 대답했다. 뭐라고 구시렁대는 얼굴엔 마뜩잖은 기색이 가득했다.

암탉이 당나귀 등에 올라탔다. 나머지 동물들은 걸어갔다. 내 편을 들어준 게 고마워서 미순이와 나란히 걸었다. 가도 가도 오솔길은 끝이 없었다.

"그런데 어디 가는 길이니?"

어색한 분위기가 가실 무렵, 내가 미순이에게 물었다.

"우린 악사들이야. 각자 잘 다루는 악기들이 하나씩 있지. 브레멘으로 가서 음악대를 만들 거야. 거기 가면 돈을 많이 번다는 소문을 들었어."

미순이는 언제 그랬냐는 듯 상냥하게 대꾸했다.

"브레멘? 뭐……? 그럼 너희들이 브레멘 음악대란 말이야?"

나는 놀라움에 눈이 휘둥그레졌다.

"브레멘 음악대? 그거 괜찮네. 얘들아, 담이가 우리 음악대 이름을 지었어. 브레멘 음악대래. 어때?"

미순이가 큰 소리로 말했다.

"음, 브레멘 음악대……. 브레멘 음악대라……. 좋은데?"

"역시 데리고 온 보람이 있어."

당나귀와 암탉이 입을 모아 나를 칭찬했다. 고개를 외로 튼 고양이는 흥 하고 콧방귀를 꼈다. 나는 고양이가 영 마음에 걸렸다.

"미안해. 네가 목줄을 그렇게 싫어하는 줄은 몰랐어."

나는 미순이에게 다시 진심 어린 사과를 했다. 미순이는 마음에 두지 말라며 오히려 나를 위로했다. 미순이가 내 편이라고 생각하니 마음이 든든했다.

오솔길은 구불구불했다. 숲 속으로 들어갈수록 아름드리 고목들이 많아졌다. 모양이 기괴했다. 어떤 나무는 나 같은 아이 열 명이 손을 잡아야 둘러쌀 수 있을 만큼 굵었다. 줄기가 그러니 가지도 웬만한 나무의 줄기만큼이나 굵었다. 줄기에서 뻗은 가지와 이파리가 얼키설키 얽혀 있어 많이 어두웠다. 사방이 어두우니 시간을 가늠할 수 없었다. 출발하기 전에 당나귀가 곧 어두워질 거라고 했었다. 벌써 어두워졌을지도 몰랐다.

"목에 걸려 있는 건 뭐야?"

뒤따라오던 고양이가 관심을 나타냈다.

"이거? 이어폰이야. 음악 들을 때 쓰는 거야. 한번 들어 볼래?"

나는 목에 걸려 있던 이어폰을 들고 말했다. 고양이의 마음을 돌릴 좋은 기회였다. 악사라고 했으니 틀림없이 음악을 좋아할 터였다.

"그래도 돼?"

"물론이지."

나는 엠피스리 플레이어를 켜고서 이어폰을 고양이의 귀에
꽂아 주었다.

"이거 신기하네. 조금 있다가 돌려줘도 돼?"

음악을 감상하던 고양이가 눈을 감은 채로 말했다.

"그럼."

나는 선선히 대꾸했다.

고양이가 엠피스리 플레이어를 들으며 콧노래를 흥얼거렸
다. 나에게 적대감을 품고 있던 고양이도 마음이 풀렸다고 생
각하니 안심이 되었다.

한참을 가자 다섯 갈래 길이 나왔다. 나는 똥이 마려워 걸음
이 자꾸 느려졌다. 일행을 멈추게 하는 게 싫어 아까부터 참았
는데, 더 참을 수 없는 지경에 이르렀다. 나는 몸을 배배 꼬았
다. 그런다고 해결될 문제가 아니었다. 손가락으로 배를 살짝
만 눌러도 똥이 나올 것 같았다.

"얘들아. 머, 먼저 가고 있어."

나는 배를 싸쥐며 얼굴을 찡그렸다.

"왜? 어디 아파?"

당나귀 등 위에서 암탉이 물었다.

"똥…… 마려워서."

"그래, 얼른 갔다 와. 기다릴게."

미순이가 말했다. 일행이 걸음을 멈추었다.

"아니야. 너희들은 먼저 가. 내가 기다렸다 데리고 갈게."

고양이가 나섰다.

"쉴 겸해서 기다렸다 함께 가지 뭐."

미순이가 고양이 곁에 앉으면서 말했다.

"아니야. 곧 어두워질 거야. 꾸물거릴 시간이 없어. 너희들이 먼저 가서 잠자리를 찾아 둬."

고양이가 말했다.

"그럼, 그럴까?"

미순이가 일어났다.

일행이 먼저 떠나갔다. 미순이에게 함께 지켜 달라고 하고 싶은 마음이 굴뚝같았지만 차마 입이 떨어지지 않았다. 겨우 마음을 돌린 고양이에게 더 밉보이고 싶지 않았다. 다르게 생각하면 고양이와 친해질 수 있는 좋은 기회이기도 했다.

오솔길을 벗어난 나는 숲 속으로 들어가 허리띠를 풀었다. 벌레 소리도, 새소리도 없었다. 주위에는, 고사리같이 생겼는데 고사리보다 훨씬 큰 양치류가 잔뜩 피어 있었다. 괴괴한 적막만이 흘렀다. 말라 죽어 잎이 다 떨어진 나뭇가지가 자꾸만 가늘고 긴 마귀할멈의 손가락으로 보여 왈칵 무섬증이 일었다.

"고양이야, 거기 있니?"

나는 연신 뒤를 돌아보며 큰 소리로 물었다.

"여기 있어. 걱정 말고 어서 일이나 봐."

확인은 했지만 마음이 급해서 제대로 일을 볼 수가 없었다. 손에 잡히는 넓은 잎으로 서둘러 엉덩이를 닦았다. 오솔길로 나오자 무섬증이 좀 가셨다. 그런데 고양이가 없었다.

"고양이야!"

잠시 사이를 두고 다시 불렀다. 고양이는 대답이 없었다.

"고양이야!"

잠깐 어딜 간 거겠지. 불안한 마음을 애써 누르며 고양이를 기다렸다. 조바심으로 입안이 바짝바짝 탔다.

고양이는 끝내 나타나지 않았다.

"고양이야! 야, 이 나쁜 놈아!"

나는 악을 바락바락 썼다.

숲 속에 울려 퍼지는 내 목소리가 다시 혼자라는 사실을 일깨워 주었다. 나는 눈앞에 펼쳐진 다섯 갈래 길을 불안하고 막막한 마음으로 바라보았다.

다른 동물들이 어느 길로 가는지 봐 두기라도 할걸.

아까는 똥이 너무 마려워 그런 것에 신경 쓸 겨를이 없었다. 고양이는 나를 따돌리려고 계획적으로 속인 것이다.

동물들은 그림자조차 보이지 않았다. 엠피스리 플레이어로 고양이의 환심을 샀다고 방심했던 게 잘못이었다. 엠피스리 플레이어는 어차피 없애려고 했던 거여서 상관없었지만 배신감과 허탈감에 온몸의 기운이 빠졌다.

그때, 어디선가 희미하게 말발굽 소리 같은 게 들렸다. 불이 꺼져 가던 마음속에서 불씨가 되살아나는 느낌이었다. 잘못들었나 싶어 귀를 기울였다. 말발굽 소리가 맞았다. 두런거리는 말소리도 들려왔다. 사방이 조용하니 소리가 더 잘 들렸다. 처음엔 방향을 종잡을 수 없었는데, 가만히 듣고 있으려니까 왼쪽에서 두 번째 길이 분명했다.

나는 반가운 마음에 소리가 들리는 쪽으로 내달렸다. 말을 탄 사람과 나귀를 탄 사람이 느릿느릿 내 쪽으로 오고 있었다.

"여기요!"

나는 목청껏 외치며 허공에다 손을 휘저었다.

그 사람들이 탄 말과 나귀가 우뚝 섰다. 나는 한달음에 그 사람들 앞으로 달려갔다. 말에 탄 사람은 갑옷을 입고, 손에는 창을 들었다. 나귀에 탄 사람은 낡은 옷에 우스꽝스런 모자를 썼다. 어디서 본 듯했다.

맞다! 돈키호테와 산초.

『돈키호테』의 삽화에 그려진 모습 그대로였다. 나는 한결 마음이 놓였다. 행동이 좀 엉뚱하긴 해도 돈키호테는 정의의 사도니까. 나는 낯선 사람에 대한 경계심을 풀었다.

돈키호테가 탄 말이 나뭇가지에 달린 이파리를 먹으려고 고개를 늘였다. 돈키호테가 고삐를 잡아당겨 못 먹게 했다. 바싹 여위고 눈곱이 낀 말은 볼품없고 꾀죄죄했다. 로시난테였다.

"혹시 오시면서 동물들 못 보셨나요? 네 마리요."

나는 높임말로 물었다. 두 사람 다 몸집이 나만 했지만 책에는 돈키호테와 산초가 어른이라고 나와 있으니까.

"……"

"당나귀와 암탉, 그리고 미순이, 아니 개와 고양이인데요."

못 알아들었나 싶어 덧붙였다. 두 사람은 마주보며 눈짓만 주고받을 뿐 대답이 없었다. 그런데 산초의 옆얼굴이 눈에 익었다. 눈을 크게 떴다.

"저…… 혹시……."

"그래, 형진이야."

산초가 내 입에서 무슨 말이 나올 줄 안다는 듯 앞질러 말했다.

나는 입이 떡 벌어졌다. 내심 그럴 리가 없다고 도리질 치면서도 혹시나 하고 물은 건데.

"난 누군 줄 모르겠니?"

돈키호테가 나를 보며 물었다. 돈키호테의 얼굴을 유심히 뜯어보던 나는 소스라치게 놀랐다.

이게 누구야?

투구에 가려 얼굴 전체는 볼 수 없지만 저 눈매 하며, 코, 입술이 위성이, 분명 위성이었다.

"너희들이 왜……?"

마음속에 살아났던 희망의 불씨가 순식간에 사그라졌다. 위성이와 형진이는 이웃한 중학교의 일진들이었다. 초등학교 동창이기는 해도 나와는 유독 사이가 나빴다. 예감이 안 좋았다. 미순이와 고양이도 내가 잘못한 것에 앙심을 품지 않았던가. 더군다나 고양이는 속임수로 나를 무리에서 떼 놓기까지 했다.

78

"어서 도망가는 게 좋을 거야."

산초가, 아니 형진이가 불쑥 말했다. 그 말이 신호라도 되는 듯 위성이가 창을 고쳐 잡았다. 끝이 날카로운 진짜 창이었다. 표시 나지 않게 한껏 숨을 들이쉰 나는 조금씩 내뱉었다. 여차 하면 달아나려고 마음을 단단히 다져 먹었다.

"내가 왜 도망가야 하는데?"

나는 속마음을 들키지 않으려고 침착하게 물었다.

"이럇!"

위성이가 대답도 없이 로시난테의 옆구리를 발로 찼다. 로 시난테가 울면서 앞발을 번쩍 쳐들었다. 나는 돌아서서 냅다 뛰기 시작했다. 잘 닦인 길보다는 장애물이 많은 숲이 나에게 유리할 것 같았다. 오솔길을 버리고 숲 속으로 뛰어들었다. 이 파리에 눈을 찔렸다. 나뭇가지에 걸린 옷에서 솔기가 터지는 소 리가 났다.

내 판단이 옳았다. 낮게 드리워진 나뭇가지를 피하느라 말과 당나귀의 속력이 눈에 띄게 줄었다. 뒤를 보다 고개를 바로 하 는 순간 벼랑이 나타났다. 두 팔을 휘두르며 엉덩이를 뒤로 뺐 지만 중심을 잡기에는 이미 늦었다. 나는 벼랑 아래로 굴렀다.

7

"이봐, 일어나."

나는 실눈을 뜨고 주위를 살폈다. 돼지들이 나를 내려다보고 있었다. 돼지들은 얼굴과 몸에서 피가 흘렀다. 얼굴도 하얗게 질렸다. 나를 깨운 건 귀가 찢어져 너덜거리는 돼지였다. 돈키호테와 산초, 아니 형진이와 위성이가 아니어서 안도하며 일어났다. 몸 구석구석을 만져 보았지만 다친 곳은 없었다. 기절한 나를 돼지들이 발견했나?

"용의자가 일어났으니 계속하겠습니다."

누군가가 앞쪽에서 위엄 있게 말했다. 목소리의 주인공 역시 돼지였다. 키가 작아 더 통통하게 보였다. 그 뒤로 험상궂게 생긴 돼지는 목에 훈장을 두 개나 걸었다. 사납게 생긴 사냥개들이 그 돼지들 주위를 돌아다녔다. 이빨을 드러내고 낮은 소리로 으르렁거리는 사냥개들의 입에선 침이 흘렀다. 내 뒤로는 여러 동물들이 앉거나 서 있었다.

이건 『동물농장』에서 재판을 받는 장면? 그렇다면 저기 있는 말은 복서와 클로버, 당나귀는 벤자민, 염소는 뮤리엘?

그 밖에도 젖소, 개, 양, 거위, 닭 같은 동물들이 있었다. 내가 있는 곳은 농장 마당이었다. 농장 뒤쪽 언덕에 반쯤 지어진 풍차가 보였다. 『동물농장』이 확실했다. 맙소사, 차라리 형진이와 위성이가 나을 뻔했다.

목에 훈장을 건 돼지는 나폴레옹, 나에게 용의자라고 한 돼지는 나폴레옹의 대변자 스퀼러였다. 정신을 바짝 차려야 했다. 내 기억에 따르면 재판을 받고 살아남은 동물은 한 마리도 없었다.

"저, 저희들은 죄, 죄가 없습니다."

귀 찢어진 돼지가 벌벌 떨며 말했다.

"저희들은 모르는 일입니다."

다른 돼지들도 입을 모았다. 재판을 받고 있는 돼지들은 모두 다섯 마리였다.

"한시라도 빨리 죄를 고백하는 게 이 동물농장을 위하는 지름길입니다. 돼지들과 같이 있는 저 인간을 보십시오. 증거가 저렇게 명백한데도 발뺌을 한다는 건 우리를 기만하는 행위이자 우리의 단결을 해치는 행위입니다."

스퀼러가 다그쳤다.

"아, 아닙니다. 저희는 이 인간을 모릅니다. 우리와 상관없다고 어서 말씀드려."

애원조로 말하던 귀 찢어진 돼지가 팔꿈치로 내 옆구리를 꾹 찔렀다.

"저, 저는 이, 돼지들을 모릅니다. 그, 그리고 책에는 돼지들이 재판받을 때는 인간이 등장하지 않는 걸로 나와 있습니다. 저, 저는 죄가 없습니다."

나는 몹시 더듬거렸다.

"지금 저 인간은 죄를 스스로 고백했습니다."

스퀼러가 입꼬리를 올리며 심술궂게 웃었다.

"예?"

"죄지은 자는 스스로 죄를 지었다고 인정하지 않습니다. 그러니 저 인간이 지금 한 말은 자기 죄를 고백한 거나 마찬가지입니다."

"이런 말도 안 되는 재판이 어디 있어요?"

나는 항의했다.

"보십시오. 저 인간은 우리 동물들의 신성한 법을 정면으로 부정하고 있습니다. 저 인간은 우리를 혼란에 빠뜨리기 위해 스노볼이 보낸 첩자가 틀림없습니다. 그리고 돼지들은 저 첩자에게 매수돼 풍차를 파괴하려고 공모했습니다."

나는 너무 어이가 없어 바보처럼 입을 쩍 벌리고만 있었다.

말을 하면 할수록 궁지에 몰렸다. 책에 스퀼러의 말솜씨가 천재적이라고 씌어 있었는데, 조금도 빈말이 아니었다.

뒤에서 조용히 듣고만 있던 동물들이 웅성거렸다. 나와 공모했다는 죄를 뒤집어쓴 돼지들 사이에서는 침울한 분위기가 감돌았다.

"스퀼러 동지의 말이 맞습니다. 추방된 스노볼과 내통하여 풍차를 파괴하려고 했습니다. 또 이 농장을 다른 농장 주인 프레드릭에게 넘기려는 계획을 세웠습니다."

돌연 귀 찢어진 돼지가 말을 바꿨다.

놀라서 힐끗 보니 모든 걸 체념한 얼굴이었다. 다른 돼지들은 고개를 푹 숙인 채 말이 없었다. 책에 나와 있는 대로라면 이제 사형 선고가 내려지고, 개한테 물려 죽는 일만 남았다.

"죄를 인정하면 다 죽어요."

나는 귀 찢어진 돼지의 귀에 대고 재빨리 말했다.

"알아. 그러나 다른 방법이 없어. 부정하면 할수록 다른 죄목이 추가될 뿐이야. 너에게는 미안하구나. 사냥개들이 달려들면 그때 달아나렴. 내가 어떻게든 막아 볼 테니."

귀 찢어진 돼지가 내 귀에 대고 빠르게 소곤거렸다. 두려움으로 하얗게 질린 다른 돼지들은 거의 얼빠진 표정들이었다. 그나마 온전한 정신인 건 귀 찢어진 돼지뿐이었다.

"자, 동지들! 돼지들이 죄를 시인했소. 다른 돼지들의 말은 들으나 마나요. 나는 저들의 죗값을 물어 사형을 선고하는 바입니다. 동지 여러분! 배신자들의 최후가 어떤지 똑똑히 지켜 보시기 바랍니다. 자, 사형을 집행하시오."

스퀼러의 말이 떨어지기 무섭게 사냥개들이 달려들었다. 끔 찍한 비명 소리가 농장 마당에 울려 퍼졌다.

"어서 피해!"

귀 찢어진 돼지가 달려드는 검정색 사냥개를 끌어안으며 나 에게 말했다.

나는 벌떡 일어나서 있는 힘을 다해 달렸다.

"인간이 도망간다!"

스퀼러가 소리쳤다.

나는 힐끗 돌아보았다. 피 맛을 보고 무섭게 흥분한 사냥개들 은 스퀼러가 외치는 소리를 듣지 못했다. 나는 더 빨리 달렸다.

재판을 지켜보던 동물들은 나를 쫓을 생각을 하지 않았다. 양과 거위는 놀라는 척하면서 슬쩍 몸을 비켜 주기까지 했다.

농장 담을 넘은 나는 단숨에 언덕배기에 올랐다. 숨이 차고 다리가 무거웠다.

농장 마당에서는 끔찍한 광경이 벌어지고 있었다. 사납게 으르렁거리는 소리와 처절하게 꽥꽥대는 소리가 내가 서 있는 곳까지 들려왔다. 널브러진 돼지 세 마리는 움직임이 없었다. 그중에 귀 찢어진 돼지가 있는지는 알 수 없었다.

"고마워. 그리고 미안해."

나는 입술을 겨우 움직여 모기 소리만 하게 말했다.

살았다는 안도감보다는 돼지들을 두고 혼자 도망쳤다는 게 부끄러웠다. 스퀼러가 나를 가리키며 소리치는 게 눈에 들어왔다. 사냥개 한 마리가 내 쪽으로 달려오기 시작했다. 팔뚝으로 눈물을 닦은 나는 울먹이며 다시 뛰었다. 도망치는 데만 급급한 내가 한심했다. 나를 살리기 위해 자신을 희생한 돼지가 떠오르자 콧날이 시큰해졌다. 평소엔 힘만 믿고 우쭐대고 으스대 놓곤, 정작 힘을 써야 할 상황에서는 비겁하게 도망치는 내가 싫고 미웠다. 하지만 내 의지와는 상관없이 내 다리가 농장과 반대쪽으로 부지런히 움직였다.

반쯤 지어진 풍차를 지나 언덕을 내려갔다. 통나무로 만든 긴 다리를 건넜다. 마차나 사람들이 다리 위를 오갔지만 나에겐 신경 쓰지 않았다.

양쪽으로 메타세쿼이아가 늘어선 길을 얼마쯤 더 가자 커다란 성이 나왔다. 창을 든 병사들이 성문을 지켰다. 나는 옷매무새를 고친 뒤 당나귀가 끄는 수레 뒤에 슬그머니 올라탔다. 수레에는 술 냄새가 풍기는 둥근 나무통들이 가득 실려 있었다. 수레 덕분에 무사히 성문을 통과했다.

사람들이 길가에 구름 떼처럼 모였다. 사람들은 삼삼오오 몰려서 얘기를 나누었다. 꽃으로 장식된 길가에 병사들이 일정한 간격으로 늘어섰다. 무슨 축제나 행사 같았다. 수레에서 내려 사람들 사이로 들어갔다.

"무슨 일이 있나요?"

옆에 선 귀부인에게 물었다.

"여기 소식에 깜깜한 걸 보니 멀리서 왔나 보구나?"

부채로 얼굴을 반쯤 가린 귀부인이 되물었다. 목소리가 남자처럼 굵었다. 눈초리가 처지고 쌍꺼풀 없는 눈. 어디서 많이 본 듯했다.

"예."

"오늘은 임금님 행차가 있는 날이란다."

귀부인이 빤히 보는 내 눈길을 피하며 말했다.

멀리서 악기를 연주하는 소리가 들렸다. 흩어져 있던 사람들이 길가로 몰려들었다. 나는 어른들 틈을 비집고 들어가 앞자리를 차지했다. 사람들이 길 왼쪽으로 고개를 늘였다.

음악 소리가 점점 커지더니 악대가 나타났다. 사람들이 박수로 악대를 맞았다. 여기저기서 휘파람을 불었다. 환호성을 지르기도 했다. 악대에 이어 말을 탄 장교들과 병사들이 행진했다. 그 뒤를 아름다운 여자들이 바구니에 든 꽃을 흩뿌리며 지나갔다.

그다음에 물방울무늬 사각팬티만 입은 남자가 걸어왔다. 나는 그 사람이 누군지 금방 알아보았다. 『벌거벗은 임금님』에 등장하는 바로 그 임금님이었다. 온갖 보석이 박힌 왕관을 쓴 임금님은 거만하게 걸어왔다. 임금님 뒤를 여덟 마리 말이 끄는 황금빛 마차와 호위병들이 천천히 따랐다. 고개를 돌린 사람들이 소리 죽여 웃었다. 웃음을 참느라 얼굴이 벌게진 사람도 있었다. 나도 터지려는 웃음을 손으로 막았다. 직접 보니 정말 웃겼다. 임금님은 어른치곤 무척 작았다. 그런데 약간 팔자로 걷는 걸음이 눈에 익었다.

저건……?

나는 눈을 의심했다. 엄마한테 아무리 혼나도 고쳐지지 않는 걸음걸이나 얼굴 윤곽이 영락없는 나였다. 더 자세히 보려고 앞으로 나가려는데 병사가 막아섰다. 아무리 봐도 내가 맞았다.

웃음을 참는 사람들 얼굴이 어딘지 모르게 눈에 익었다. 하나하나 뜯어보니 아이나 어른이나 모두 우리 학교 1학년 아이들이었다. 짐작이 전혀 안 되는 얼굴도 더러 있었지만, 대개는 알 만한 얼굴이었다. 아, 그러고 보니 여기서 처음 만났던 귀부인도 우리 반 담임이었다. 여장을 한 데다 부채로 얼굴을 가리고 있어 미처 몰라봤다.

허리를 약간 젖히고 한 손으로만 뒷짐을 진 나는 거드름을 피우며 길 양쪽의 사람들에게 손을 흔들었다. 사람들이 비웃는지도 모르고 거들먹거리는 꼴이 참으로 가관이었다. 사람들은 웃음보가 터지기 일보 직전이었다. 일진이랍시고 거들먹거린 나를 보며 다른 아이들이 저랬을 거라 생각하니 귓불이 화끈거렸다. 그제야 이상한 분위기를 감지했는지 임금님의 얼굴색이 변했다.

나는 고민에 빠졌다. 모른 체하자니 계속 웃음거리가 될 터이고, 알려 주자니 내 어리석음을 스스로 폭로하는 꼴이 될 터였다. 잠시 고민하다가 나는 이내 결심했다. 조롱거리가 되게 놔두는 건 나에 대한 예의가 아니었다.

나는 손나팔을 만들어 힘껏 외쳤다.

"임금님이 벌거벗었다! 벌거벗은 임금님이다!"

"우하하하—"

위태롭게 묶여 있던 웃음보따리의 매듭이 기어이 풀렸다. 사람들은 배를 움켜잡았다. 어떤 사람은 임금님에게 손가락질을 하고, 어떤 사람은 눈물을 질금거렸다. 한번 터진 웃음은 돌림병처럼 퍼졌다. 급기야 꼿꼿한 자세로 삼엄한 경비를 펼치던 병사들도 웃음을 터뜨렸다. 호위병들이 임금님을 에워싸듯이 해서 마차에 태웠다. 마차가 속력을 내더니 곧 시야에서 사라졌다.

돌아서는 내 팔을 병사들이 낚아챘다.

"왜 이러세요?"

나는 손을 뿌리치며 소리쳤다. 벗어나려고 하면 할수록 더 단단히 죄어 왔다. 순식간에 사람들이 나를 중심으로 원을 만들었다.

"전 아무 잘못도 없어요. 살려 주세요."

창피함을 무릅쓰고 사람들을 향해 소리쳤다. 사람들은 내 간절한 구원 요청을 듣고도 움직이려 하지 않았다. 급박한 상황에서도 나는 사람들 사이에서 흐르는 냉랭한 기운을 분명히 느꼈다. 표정에도 적대감이 가득했다.

왜들 이러지?

병사들에게 잡힌 것보다 사람들에게 외면당하는 게 더 당혹스러웠다. 그러다가 뒤미처 그 이유를 알아챘다. 여기 모인 사람들은 모두 우리 학교 1학년 아이들이었다. 내 생일이라는 이유로 삥을 뜯긴 그 아이들. 나는 혼자 감당하기 어려운 고립감에 발아래의 땅이 꺼지는 것 같았다.

"이 녀석 체포해!!"

펼쳐 든 종이와 나를 번갈아 보던 병사가 명령했다. 병사들이 우르르 달려들어 나를 밧줄로 묶었다.

"전 아무 잘못도 없어요."

"그래? 이걸 봐."

득의만면한 병사가 종이를 내 눈앞에 바짝 들이밀었다. 위에 굵은 글씨로 현상 수배자라고 씌어 있고, 그 아래에 내 얼굴이 험상궂게 그려져 있었다. 죄목도 크게 적혀 있었다. 사회질서를 어지럽힌 죄.

"전 사회질서를 어지럽힌 적 없어요."

나는 대들 듯이 말했다.

"바로 이게 네가 죄인이란 증거야."

병사가 내 눈앞에서 종이를 흔들었다. 병사들이 나를 끌고 가 죄인 호송용 수레에 태웠다. 늙은 나귀가 끄는 수레는 『로빈 후드』에서 죄수를 교수대로 실어 가던 것과 똑같이 생겼다.

"살려 주세요! 전 죄가 없어요."

사람들에게 큰 소리로 도움을 청했다. 사람들의 반응은 수레를 타기 전과 달라지지 않았다.

최담, 이제껏 어려운 고비를 잘 넘겼잖아. 앞으로도 괜찮을 거야. 괜찮을 거야.

나는 심호흡을 하며 스스로 타일렀다. 그래도 두려운 마음은 쉬 가시지 않았다. 길을 가다 멈춰선 사람들이 나를 구경했다. 나에게 돌멩이를 던지거나 침을 뱉기도 했다.

사람들은 나에게 죄가 있는지 없는지는 중요하지 않았다. 단지 수레에 타고 있다는 이유만으로 나를 증오하고 경멸했다. 내 편은 아무도 없었다. 혼자라는 쓸쓸함과 외로움이 뼛속 깊이 스며들었다.

수레가 왕궁 안으로 들어섰다.

나는 긴 복도를 지나 맨 끝에 있는 방으로 끌려갔다.

"여긴 어디죠?"

"진실의 방이다."

나를 데리고 온 병사 중 하나가 무뚝뚝하게 대꾸했다. 나를 의자에 앉힌 병사들은 곧 방을 나갔다.

낯선 방 안을 둘러보던 나는 몸이 오그라들었다. 세상에! 고문실이었다. 고문실에 고문 도구가 있는 건 당연하겠지만, 정말이지 온갖 고문 도구가 다 있었다.

천장에 매달린 여러 가닥의 쇠사슬, 나무로 만든 커다란 물통, 숯불이 이글거리는 화로에 꽂힌 여러 개의 쇠꼬챙이, 손잡이에 손을 묶어 두는 장치가 달린 육중한 의자, 사람을 때릴 때 묶어 두는 형틀……. 벽에 걸린 도구들은 더 끔찍했다. 크기가 다른 집게와 톱, 망치, 싸릿대 회초리, 가죽 채찍, 그 밖에도 용도를 알지 못할 도구들이 벽을 따라 잔뜩 걸려 있었다. 구석에는 여러 종류의 나무 몽둥이와 도깨비방망이처럼 울퉁불퉁한 쇠막대기도 여러 개 세워져 있었다.

그것들을 보고 있자니 병사들이 왜 '진실의 방'이라고 부르는지 절로 고개가 끄덕여졌다. 여기에 있으면 아는 건 물론이고, 모르는 사실까지도 술술 불게 될 것 같았다.

"쬐끄만 놈이 사회에 해악을 끼쳤다고?"

목소리만 들리고 아무도 보이지 않았다. 나는 주위를 두리번거렸다.

"여기야, 여기."

탁자 건너편에서 고깔모자가 불쑥 솟았다. 키가 유독 작은 난쟁이였다. 난쟁이는 의자에 올라섰는데도 겨우 허리 위쪽만 보였다. 얼굴이 주름살투성이였다. 얼굴은 뾰족하고, 눈은 가늘게 째졌다. 코가 있어야 할 자리에 구멍 두 개만 뻥 뚫렸다. 입언저리에 흰 수염이 덥수룩했다. 어찌 보면 귀엽고, 또 어찌 보면 흉측했다.

"전 사회에 해악 끼친 적 없어요. 전 이제 막 여기에 도착한 걸요."

우락부락하거나 차가운 인상이 아니어서 좀 안심이 되었다. 아니다. 난쟁이는 신문하는 역할이고, 고문하는 사람은 따로 있을지도 몰랐다. 난쟁이는 신문하다 수가 틀리면 밖에 대기하고 있는 고문 기술자를 불러들일 것이다. 조금 밝아졌던 마음이 도로 어두워졌다.

"다들 처음엔 딱 잡아떼지."

난쟁이가 그런 대답에는 이골이 났다는 표정으로 이죽거렸다.

"정말이라니까요."

"그렇다 치고. 네 정체가 뭐지?"

난쟁이가 흘러내리는 고깔모자를 올려 쓰며 물었다. 이 난쟁이를 어느 책에서 봤더라……. 기억에 없었다. 졸리거나 지루하면 대충 읽고 넘어간 책도 있으니까. 그 책 중 하나에 등장하는 인물일 것이다.

"전 최담인데요."

"최담? 네 암호명이 최담이냐?"

"암호명이라뇨?"

"이웃나라에서 보낸 첩자냐는 말이다."

난쟁이가 눈썹까지 내려온 고깔모자를 다시 올려 썼다.

"아니라니까요."

"넌 내가 무섭지 않게 생겼다고 얕보는 게지?"

"그것도 아닌데요."

"그랬다가는 큰코다치게 될 거다. 한 가지만 일러두지. 이 방에 있는 것들 보이지? 이것들은 보기 좋으라고 갖다 둔 장식품이 아니다. 일단 이것들을 사용하면 멀쩡하게 걸어 나간 사람은 드물다. 암, 드물지. 최소한 어디가 부러지거나 정신이 이상해지지. 어저께도 임금님의 금 접시를 훔친 요리사가 두 손을 잘렸다니까."

난쟁이가 손날로 자기 손목을 자르는 시늉을 했다.

"전 죄가 없다니까요."

상상만으로도 소름이 끼쳤다.

"거짓말은 아닌 것 같군."

내 눈을 뚫어져라 바라보던 난쟁이가 혼잣말로 중얼거렸다.

의자에서 내려간 난쟁이가 탁자 밑을 살폈다. 물이 담긴 나무통 속을 나무 막대기로 휘젓기도 하고, 의자 뒤를 살펴보기도 했다. 아장아장 걸어가 구석에 세워 둔 나무 몽둥이와 쇠막대기를 들어내 안을 들여다보았다. 사람이 숨을 만한 곳을 살펴보는 듯했다. 심지어는 벽에 걸린 톱도 들춰 보았다. 지금이 언제인지는 몰라도, 도청 장치나 감시용 카메라가 있는 시대는 아니었다. 의심이 많은 사람 같았다.

"아이구, 허리야. 요샌 조금만 움직여도 삭신이 쑤시니, 원."

난쟁이가 허리를 두드리며 다시 의자에 올라섰다. 고깔모자를 벗어 얼굴에 부채질을 했다. 난쟁이는 옆머리에 머리카락이 조금만 남은 대머리였다. 머리에도 빈틈없이 주름이 잡혔다. 난쟁이는 고깔모자를 탁자 귀퉁이에 올려 두었다.

"허리가 아플 때는 천마와 접골목이라는 약초가 좋대요."

"정말이야?"

내가 슬쩍 던진 말에 난쟁이가 관심을 보였다.

"예."

"그렇구나. 천마와 접골목이라고?"

"예. 한 가지 더 알려 드릴까요?"

"좋지."

내 쪽으로 몸을 기울이는 난쟁이의 눈이 빛났다.

"머리카락이 새로 나게 하려면 검정콩이나 솔잎, 구기자가 좋대요."

내친김에 머리카락에 좋은 약초도 알려 주었다. 머리를 감고 난 아빠는 머리카락 몇 올만 빠져도 우는 얼굴로 아까워했다. 대머리인 난쟁이도 당연히 머리카락에 관심이 많을 것이었다. 효과는 곧바로 나타났다.

"그래? 그럼 나도 소식 하나 알려 주지."

주위를 둘러본 난쟁이가 자기 쪽으로 오라고 손짓했다. 난쟁이에게 몸을 기울였다.

"내일 임금님이 직접 신문하실 거야. 재판을 받으면 넌 분명 교수형에 처해질 거야. 하지만 오랫동안 죄인을 다뤄 본 내 경험에 따르면 넌 죄가 없어. 네 눈이 그걸 말해 주고 있지. 그러나 그건 내 생각일 뿐이야. 도와주고 싶어도 방법이 없군. 이런, 퇴근 시간이군."

내 귀에 대고 작은 소리로 말하던 난쟁이가 갑자기 호들갑스럽게 목소리를 높였다. 난쟁이는 탁자 위의 고깔모자를 집어서 쓴 뒤 의자에서 내려섰다. 이제까지 굼뜨게 움직이던 것과는 달리 동작이 빠릿빠릿했다.

문 앞에서 난쟁이가 돌아섰다.

"내가 어떻게 퇴근 시간을 알았는지 가르쳐 줄까?"

내일 죽는다는데 다른 사람의 퇴근 시간 따위가 궁금할 리 있겠는가. 나는 알고 싶지 않았지만 고개를 끄덕였다.

"지금처럼 늦봄엔 햇빛이 저기, 저 벽에 별표를 해 둔 곳에 오면 퇴근 시간이지. 이런, 퇴근 시간이 2분이나 지났잖아. 시간 외 근무 수당을 신청하는 것도 눈치가 보이는데 얼른 가야겠다. 아이구, 허리야."

난쟁이가 손으로 허리를 콩콩 두드리며 약초 이름을 되뇌었다.

"허리엔 천마, 접골목, 머리엔 검정콩, 솔잎, 구기자. 허리엔 천마, 접골목, 머리엔 검정콩, 솔잎, 구기자……."

난쟁이가 문을 세 번 두드리자 문이 열렸다. 문지기 병사는 문을 다 가릴 만큼 몸집이 컸다.

"근무 잘 서란 말이야."

난쟁이가 공연히 문지기 병사의 정강이를 걷어찼다.

"옛!"

문지기 병사는 난쟁이의 발길질에도 아랑곳 않고 자세가 꼿 꼿했다. 하긴 인형만 한 난쟁이가 찼다고 거구의 병사가 아프 겠는가. 문이 닫히고, 난쟁이의 발걸음 소리가 멀어져 갔다.

탁자에 팔꿈치를 올리고 두 손으로 머리를 감쌌다. 가만히 앉아서 죽어야 한단 말인가. 안을 둘러보며 단서가 될 만한 걸 찾다가 아예 일어나 고문 도구들을 하나씩 들춰 보았다. 혹시 그중 하나가 비밀 통로를 여는 열쇠인가 싶어서였다. 왜 주인 공들이 보물을 찾으러 가는 영화에 자주 나오지 않는가. 무언 가를 밀거나 잡아당기면 비밀 통로가 나타나는 장면. 문을 지 키는 병사에게 들키지 않으려고 고문 도구를 조심해서 다뤘더 니 무척 힘들었다.

나는 의자에 털썩 주저앉아 생각에 잠겼다. 내 눈을 보더니 죄가 없다고 한 뒤로 난쟁이는 나에게 호의적이었다.

난쟁이의 말과 행동이 종잡을 수 없긴 했어도, 하나하나 따 져 보면 거기에 뭔가 실마리가 있을 것이다. 우선, 신문과 상관 없는 말을 가려냈다. 의심이 많은 난쟁이가 단서를 주었다면, 직접 말하지 않고 넌지시 알려 주었을 테니까.

그렇다면 퇴근 시간?

쇠막대기가 박힌 창으로 저녁 해가 비껴들었다. 저녁 해는 별표를 지나 조금 위를 비췄다. 아무 벽돌이나 밀어 보았다. 꿈 쩍도 하지 않았다. 별표가 새겨진 벽돌을 밀었다. 안으로 쑥 들 어갔다. 돌과 돌이 맞닿아 갈리는 둔중한 소리가 나며 벽 한쪽이 안으로 열렸다.

"앗싸!"

주먹을 불끈 쥐고 외치다가 얼른 입을 가리며 문 쪽을 돌아
봤다. 문지기 병사가 들어오지는 않았다.

안으로 흘러 들어오는 공기에 곰팡내가 섞여 있었다. 비밀
통로는 계단으로 이어졌다. 벽에 띄엄띄엄 횃불이 내걸렸다.
나는 나선형 계단을 내려갔다. 두꺼운 나무문이 내 앞에 떡 버
티고 있었다. 밀어도, 잡아당겨도 꿈쩍하지 않았다. 나는 되짚
어 올라갔다. 내가 나온 문을 지나 다리가 뻐근해질 즈음 계단
이 끝나고 좀 전과 똑같은 나무문이 나타났다.

저 문을 열면 또 어떤 동화 속 이야기가 펼쳐질까? 제발 무
섭거나 끔찍한 게 아니길.

8

콩닥콩닥 뛰는 가슴을 누르며 문을 살짝 밀었다. 잠겨 있지 않았다. 문틈으로 머리만 넣었다. 넓은 방 가운데 여자가 혼자 앉아 머리카락을 빗고 있었다. 얼마나 긴지 머리카락이 여자 주위로 여러 겹 똬리를 틀었다. 그런데 머리카락이 온통 하얗고, 옷도 서양식 드레스가 아니라 한복을 입었다.

한복만 아니라면 이게 무슨 장면이더라. 라…… 라…… '라'로 시작되는 여자 이름이고, 세 자였는데……. 제목이 떠오를 듯 말 듯하면서 나를 괴롭혔다. 그러다가 어느 순간 섬광이 번쩍하듯 제목이 떠올랐다.

라푼첼!

그렇다면 보나 마나 여긴 왕궁의 꼭대기 방일 터이고, 나는 저 머리카락을 이용해 탈출해야 할 것이다.

"저 좀 도와주세요."

나는 여자에게로 가서 말을 걸었다.

"누구시죠?"

머리카락이 희어서 나이 든 여자인 줄 알았는데, 아주 젊었다.

걸걸한 이 목소리. 귀에 익었다. 초등학교 4학년 때 같은 반이었던 다솜이였다. 훌쩍 자라 아가씨가 된 데다 안경을 벗어서 얼른 못 알아봤다. 다솜이인 걸 알면서도 아리땁고 고운 자태에 가슴이 설렜다. 『잠자는 숲 속의 공주』가 아닌 게 조금 아쉬웠다. 그랬다면 히히, 잠자는 다솜이 입술에 입 맞췄을 텐데……

"저 모르시겠어요?"

말을 높이려니 쑥스러웠다.

"모르겠는데."

다정한 눈빛으로 나를 들여다보던 다솜이가 미안한 듯 말했다.

약간 실망스러웠지만 다솜이가 내 부탁을 거절할 이유는 없었다. 4학년 때 다솜이의 목소리를 흉내 내는 남자아이를 혼내 준 적이 있었다. 꼭 그런 이유가 아니어도 다솜이는 착한 아이였다.

"저는 최담이에요. 성은 최, 이름은 담. 누나는……?"

다솜이를 누나라고 부르려니 좀 어색했다. 그렇지만 마땅한 호칭이 떠오르지 않았다.

"나도 이름이 외자야. 청이야, 심청."

다솜이가 반갑게 자기 이름을 밝혔다. 어쩐지 한복을 입고 있더라니. 도움을 청해야 한다는 것도 잊고 다시 물었다.

"뱃사람들을 따라간 걸로 아는데, 어떻게 여기에 계시죠?"

"나를 어떻게 아니?"

"그냥요……."

"용왕님께 바칠 제물을 산다고 해서 공양미 삼백 석에 팔려 왔는데, 데려와선 여기다 가둬 놓았어."

다솜이가 말끝에 나직이 한숨을 매달았다.

어찌된 일이람?

『라푼첼』에 이어서 『심청전』을 읽었다. 그 두 이야기를 읽을 땐 졸음이 몰려와서 비몽사몽간이었다. 잠을 쫓으려고 애쓰면 서도 아는 얘기여서 건성으로 읽었다. 그래서 두 이야기가 뒤 죽박죽돼 버렸나?

"난 여기서 나가야 해요. 누나가 도와줘야 합니다."

"나도 갇혀 있는 몸인데 어떻게……."

"그 머리카락을 이용하면 돼요."

나는 다솜이의 머리카락을 가리켰다. 함께 탈출하고 싶지만 그럴 형편이 못 되었다. 아마 탈출할 방법이 있다고 해도 다솜 이는 거절할 가능성이 높았다. 착한 다솜이가 뱃사람들과의 약속을 저버리고 도망가지는 않을 것이었다.

"머리카락을?"

"예. 이리 와 보세요."

다솜이는 내 말에 순순히 따랐다. 긴 머리카락을 창가로 옮기는 데만도 시간이 꽤 걸렸다. 고문실과는 달리 창엔 쇠막대기가 박혀 있지 않았다. 높이를 가늠하기 위해 머리를 창 너머로 내밀었다. 짐작대로 왕궁의 꼭대기 방이었다. 창은 왕궁 바깥으로 나 있었다. 아래는 숲이 펼쳐져 있었다. 아래가 까마득해서 현기증이 일었다.

"괜찮겠니?"

"한번 해 봐야죠."

다솜이가 머리카락을 창밖으로 늘어뜨렸다. 머리카락이 바닥에 닿고도 좀 남았다. 나는 조심스럽게 창턱에 올라섰다.

"고마워요. 참, 머리카락이 왜 이렇게 하얗죠?"

"몰라. 언제부턴가 점점 희어지더니 이렇게 돼 버렸어."

다솜이 얼굴이 어두워졌다. 머리카락 때문에 걱정이 많은 것 같았다.

"제가 방법을 알려 드릴까요?"

"무슨 방법?"

다솜이가 반색했다.

"한련초나 하수오라는 약초를 먹으면 머리가 도로 검어진데요."

"정말?"

"그럼요. 이만 갈게요."

"그래, 약초 알려 줘서 고마워. 부디 다치지 말고 내려가."

나는 대답 대신 입술을 야무지게 다물었다. 절대로 다치지 않겠다고 약속하듯이.

머리카락에 매달렸다. 바람이 불어서 몸이 흔들렸다. 나는 바람이 잦아드는 틈을 타 조금씩 내려갔다. 팔이 아팠다. 책에는 왕자가 머리카락을 타고 오르내렸다고만 나와 있지, 구체적인 과정은 생략돼 있었다. 이렇게 힘들고 어려운데, 순 엉터리였다. 손바닥이 미끄러워 머리카락을 손목에 한 번 감고 조금씩 내려갔다.

드디어 발끝이 바닥에 닿았다. 바닥에 완전히 내려서자 머리카락이 올라갔다. 나는 위를 향해 손을 흔들었다. 창턱 너머로 내려다보던 다솜이도 마주 손을 흔들었다. 온몸이 땀으로 젖었다. 손바닥은 얼얼하고 어깻죽지도 떨어져 나갈 듯 아팠다.

"저기다!"

성벽에 기대앉아 잠깐 땀을 들이는데, 성벽 위에서 병사들의 고함 소리가 들려왔다. 곧이어 화살이 비 오듯 날아왔다. 가방으로 머리를 가린 나는 죽자 살자 뛰었다. 그런다고 화살이 피해 가는 게 아닌데도 뛰기에 불편한 그 자세로 달아났다.

너른 들판을 지나자 숲이 나왔다. 나는 쭈뼛거리며 숲 속으로 들어갔다. 숲 바깥은 낮인데, 들어오니까 밤이었다. 숲이 햇

102

빛을 가려 어두운 게 아니라 정말 캄캄한 밤이었다.

가시덤불에 긁히거나 찔리기도 하고, 굵은 나뭇가지에 호되게 찧기도 하면서 더디게 나아갔다. 짐승 울음소리가 들릴 때마다 심장이 오그라들었다. 그 소리에 장단이라도 맞추듯 이따금씩 올빼미가 울었다. 번개가 쳤다. 곧이어 고요한 숲 속에 우레 소리가 진동했다. 어깨가 후드득 떨렸다. 잠깐 동안 모습을 드러냈다 다시 어둠 속으로 숨어 버리는 나무들은 으스스하기 짝이 없었다. 나는 바짝 마른 입술에 침을 발랐다. 비라도 오면 큰일이었다. 마음이 더 바빠졌다.

다짜고짜 여기로 밀어 넣은 청설모가 원망스러웠다. 청설모는 쉬운 코스로 골랐다고 생색을 냈다. 그럼, 어려운 코스는 대체 얼마나 어떻다는 거야? 그건 그렇고 이 길은 언제쯤 끝날까?

두려운 마음으로 숲을 둘러보았다. 그러다가 나무 사이로 비치는 불빛이 언뜻 내 눈에 들어왔다. 반딧불이나 도깨비불이 아닌가 해서 눈을 가늘게 뜨고 보았다. 불빛이 맞았다. 반가웠지만 또 무슨 일이 기다리고 있을지 몰라 불안하기도 했다.

넓은 빈터가 나타났다. 그 한가운데에 오두막 한 채가 있었다. 호젓한 숲 속에 위치한 오두막. 사건이 벌어지기 딱 좋은 장소였다. 까치발로 서서 창문을 들여다보았다. 열 명도 더 앉을 만한 식탁에 산해진미가 가득했다. 상다리가 휘도록 차린다는 건 이런 경우를 두고 하는 말일 것이다. 갓 차려진 듯 음

103

식에서 김이 모락모락 솟았다.

몇 번을 망설인 끝에 문을 두드렸다. 피곤하기도 하고, 배도 고팠다. 여기를 피해 간다고 해서 위험에서 벗어난다는 법도 없었다.

"계세요?"

대꾸가 없었다. 다시 불렀으나 대답이 없기는 마찬가지였다.

출입문을 밀었더니 스르르 열렸다. 음식 냄새가 내 코로 왈칵 달려들었다. 무엇에 홀린 듯 식탁으로 갔다. 나도 모르게 음식을 집으려는 오른손을 왼손으로 붙잡았다. 어디선가 많이 본 풍경이었다. 저 음식을 먹고 잠이 든다. 그러면 나는 식인귀나 마녀에게 잡혀 먹히게 된다. 이게 공식이었다. 그렇다면 이 집 어딘가에 식인귀나 마녀가? 어쩌면 숨어서 나를 노려보고 있을지도 몰랐다.

집 안을 휘 둘러보았다. 허름하지만 소박하게 꾸며져 있었다. 이런 집일수록 잔인하고 무서운 게 살고 있을 가능성이 높다. 이렇게 꾸며 놓아야 사람들이 마음을 놓는 법이니까.

뒤꿈치를 들고 살금살금 돌아섰다. 그런데 배에서 꼬르륵 소리가 났다. 음식 냄새가 내 발목을 잡고는 놓아 주지 않았다. 나는 입안에 가득 고인 침을 삼켰다.

딱 한 입만. 소리만 나지 않으면 들킬 염려는 없어. 문을 열었는데도 아무도 내다보지 않잖아.

나는 다시 몸을 돌려세웠다. 닭다리를 베어 먹었다. 입안에서 살살 녹았다. 순식간에 뼈만 남았다. 평소엔 먹지도 않는 오돌뼈까지 알뜰히 발라 먹었다. 이번엔 케이크를 조금 떼 먹었다. 평생 잊지 못할 맛이었다. 그다음부터는 자제력을 잃었다. 애초의 다짐은 온데간데없었다. 손에 잡히는 대로 입으로 가져갔다. 초콜릿 케이크를 정신없이 먹는데, 출입문이 벌컥 열렸다. 이크! 올 게 왔군. 먹던 게 탁 얹혔다.

"누구야?"

엄마 또래 여자의 맑고 경쾌한 목소리였다. 안심하긴 일렀다. 마녀라고 다 목소리가 쉬었거나 탁하라는 법은 없으니까.

초콜릿 케이크를 가득 문 나는 입을 쩍 벌렸다. 마녀가 아니었다. 도깨비 두 명, 아니 사람이 아니니까 두 마리? 아니……하여튼 둘이었다. 씹지도 않은 초콜릿 케이크를 꿀꺽 삼켰더니 목구멍이 아팠다.

"뭐야? 우리 저녁에 손을 댔잖아."

다른 도깨비가 어깨에 걸쳤던 방망이로 바닥을 쿵 내리찍었다. 그 소리에 가슴이 철렁 내려앉았다. 방망이 절반이 바닥 아래로 쑥 들어갔다. 방망이를 뽑자 뻥 뚫린 구멍이 그대로 드러났다. 우렁찬 목소리로 보아 사람으로 치면 남자였다. 화가 나자 안 그래도 통방울 같은 눈이 더 커다래졌다.

몸에는 실오라기 하나 걸치지 않았다. 생김새는 그림책이나 동화책에서 보던 것과 대체로 비슷했지만, 머리가 더 크고 얼굴도 훨씬 흉측하고 기괴했다. 갈색 피부는 플라스틱 인형처

럼 반질반질했다. 그렇지만 도깨비는 고지식하고 어리석어 사
람에게 잘 속는 걸로 알고 있는 터라 그다지 무섭진 않았다.

"너 잘 걸렸다. 누가 자꾸 먹는가 했더니 네놈이었구나."

"다신 얼씬거리지도 못하게 혼꾸멍내야 돼."

남자 도깨비가 말하자 여자 도깨비가 맞장구를 쳤다. 도깨
비들은 서두르는 기색 없이 들어와 출입문을 닫았다.

"전 아니에요. 오늘 처음이란 말예요."

나는 식탁을 돌아 반대편 구석으로 도망치며 소리쳤다.

내 말을 귓등으로 흘린 도깨비들은 맛있게 식사를 했다. 의
자가 엉덩이에 푹 파묻혔다. 어른이 유아용 의자에 앉은 것 같
았다.

도깨비들은 입이 어찌나 큰지 닭 한 마리를 통째로 입에 넣
고 훅 뱉으면 뼈만 나왔다. 식욕도 대단했다. 과일도 껍질째 서
너 개씩 한 번에 먹었다. 저러다 접시까지 먹어 치우는 게 아닌
가 걱정스러울 지경이었다. 새로운 사실도 알았다. 혀가 무척
길었다. 그 긴 혀를 이용해 오목한 그릇에 담긴 음식이나 접시
에 묻은 음식 찌꺼기를 싹싹 핥아먹었다.

나는 벌을 서듯 꼼짝도 않고 도깨비들의 식사를 지켜봤다.
산더미처럼 쌓여 있던 음식들이 눈 깜짝할 새에 동났다. 남자
도깨비가 불룩 솟은 배를 슬슬 문지르며 기분 좋게 트림을 걱
했다. 지붕이 들썩일 만큼 요란하게 방귀도 꼈다. 냄새도 지독
해서 나는 코를 쥐었다. 의자에 반쯤 누운 여자 도깨비가 혀로

입가에 묻은 기름기와 양념을 핥았다. 그릇을 깨끗이 비워 설거지할 필요가 없었다. 가만, 메밀묵을 못 봤네? 도깨비들이 좋아한다고 들었는데. 하지만 한가하게 그런 걸 따지고 있을 때가 아니었다.

"좀 아쉬운데. 저 녀석 때문이야."

남자 도깨비가 툴툴거렸다.

나는 속으로 입을 비죽거렸다. 치사하게. 내가 먹은 게 얼마나 된다고. 그나마 심하게 내 탓을 하지 않아 덜 억울했다.

"저 녀석을 어떻게 하지?"

"노래나 한 자락 시킬까?"

여자 도깨비가 묻자 남자 도깨비가 대답했다.

"그거 좋겠군."

"야, 노래 한번 불러 봐."

도깨비가 노래를 좋아하긴 좋아하는 모양이었다. 다짜고짜 노래를 시키는 걸 보면. 나로선 듣던 중 반가운 소리였다. 노래라면 자신 있었다. 이래봬도 태진아, 송대관부터 드렁큰타이거, 슈퍼주니어까지 모르는 노래가 없었다. 하굣길이나 학원을 마친 자투리 시간에 짬짬이 단골 노래방에 들렀던 것이다. 어떤 날엔 하루 종일 살다시피 하기도 했다.

"어떤 장르로 부를까요?"

"아무거나."

남자 도깨비가 긴 손톱으로 잇새를 쑤시면서 말했다.

"이왕이면 경쾌한 걸로."

여자 도깨비가 덧붙였다.

망설일 이유가 없었다. 도깨비들의 마음을 풀 좋은 기회였다. 넓은 곳으로 나온 나는 목청을 가다듬었다. 그리고 춤을 추며 노래를 부르기 시작했다. 앉아서 어깨를 들썩이던 도깨비들이 흥을 참지 못하고 벌떡 일어났다. 도깨비들은 내 주위를 돌면서 춤을 따라 췄다. 덩치가 큰데도 몸놀림이 유연했다. 우리는 완전히 하나가 되어 어우러졌다. 도깨비들은 눈썰미가 대단했다. 내 동작을 한 번 보곤 그대로 딱딱 맞춰 했다.

옳지, 낚였다.

나는 속으로 만세를 부르며 더 흥겨운 노래를 불렀다. 손담비의 '미쳤어'에 이어 크라잉넛의 '밤이 깊었네'를 거쳐 태진아의 '사랑은 아무나 하나'로 넘어갔다. 열두 곡을 내리 불렀더니 목이 아팠다. 흥이 깨지지 않게 눈치를 봐 가며 중간 중간에 물을 마셨는데도 그랬다. 도깨비들은 태진아나 송대관 노래가 나오면 더 신 나서 덩실덩실 어깨춤을 췄다. 어쭈, 트로트 삘? 그렇지만 아쉽게도 트로트는 더 아는 게 없었다.

"야, 너 노래 잘 부르는구나. 이번엔 내가 불러 주지."

남자 도깨비는 노래를 불렀다. 노래라기보다는 돼지 멱따는 소리에 가까웠다. 나는 지쳤지만 마지못해 여자 도깨비 뒤를 따르며 춤을 췄다. 대충하면 성의 없는 게 표 날까 봐 열심히 몸을 흔들고 팔을 휘저었다.

그다음엔 여자 도깨비의 춤과 노래가 이어졌다. 정신없이 흔들었더니 온몸이 아프고 뼈마디가 쑤셨다. 걸을 힘도 없어 나중엔 발을 끌며 느릿느릿 움직였다. 하나도 지치지 않은 도깨비들에게 자꾸만 부딪쳐 옆으로 슬쩍 빠졌다. 도깨비들은 나에게 관심도 없이 제 흥에 겨워 노래를 부르고 춤을 췄다. 그래도 눈이 마주치면 마지못해 춤추는 시늉을 했다. 하기 싫은 걸 억지로 하려니 죽을 맛이었다. 그렇게 건성으로 하는데도 나중엔 팔다리가 내 통제에 따르지 않고 제멋대로 놀았다. 특히 장딴지와 무릎 관절이 뻣뻣했다.

도깨비들의 노래와 춤이 끝났을 땐 나는 녹초가 되었다. 다리에 감각이 없었다. 젖은 셔츠와 러닝을 벗어 짰다. 땀이 주르륵 흘렀다. 벗은 몸을 선득한 한기가 감쌌다. 먹은 건 벌써 소화가 다 돼 버렸다.

내가 할 건 다했다. 이제 도깨비들의 처분만 남았다.

"아, 피곤한걸."

"맞아요. 쟤 덕분에 제대로 놀았어. 오늘 밤엔 잠이 잘 오겠어."

가무를 즐기는 동안 나에 대한 도깨비들의 태도가 상당히 우호적으로 바뀐 것 같았다.

이쯤이면 도깨비가 물어 올 때가 됐다. 소원이 뭐냐고. 그럼 뭐라고 하지? 집으로 보내 달라고? 에이, 이건 너무 약하다. 세상에서 제일가는 부자가 되게 해 달라고? 이거 괜찮다. 기대감에 잔뜩 부풀어 상상의 나래를 펼치는데, 드르렁거리는 소리가 들렸다.

엥? 이게 뭐야?

도깨비들이 바닥에 드러누워 자고 있었다. 불룩 솟은 배가 숨소리에 맞춰 오르락내리락했다. 남을 생고생시켜 놓곤 태평스레 단잠에 빠졌다. 여자 도깨비가 옆구리를 긁으며 돌아누웠다. 이건 내 계산에 없는 상황이었다. 깨울까? 아니지. 노래를 더 부르라고 시키면 나는 정말 죽을지도 몰랐다. 보상을 바란 건 아니지만 아쉬웠다.

이러지도 저러지도 못하고 있는 참에 식탁에 기대어 있는 방망이가 눈에 들어왔다. 어떤 소원이든 들어준다는 방망이. 저것만 있으면 이 오두막을 나가는 건 물론이고, 내가 겪고 있는 동화 속 얘기에서도 탈출하는 거다. 집으로 가는 거다.

방망이를 들어 보았다. 바닥에 딱 들러붙은 듯 꿈쩍도 하지 않았다. 몇 번 반복하는 동안 오기가 생겼다. 두 손으로 단단히 잡고 당기던 나는 인상을 쓰며 왼손으로 오른쪽 어깨를 잡았다. 삐끗해서 몹시 아팠다. 홧김에 발을 번쩍 치켜들었다가 슬그머니 내려놓았다. 걷어차 봤자 내 발만 아플 터였다. 이걸 들려면 힘이 얼마나 세야 하는 거야?

남자 도깨비가 입맛을 다시며 잠꼬대를 했다. 깨어난 도깨비들이 또 춤추고 노래하자고 하는 날엔 뼈도 못 추릴 것이다. 마냥 이러고 있을 때가 아니었다.

출입문을 살짝 열었다. 안에서 흘러나온 불빛에 내 그림자가 땅바닥에 길게 드리워졌다. 조용히 문을 닫았다.

오두막이 안 보일 때까지 발소리를 죽여 걸었다. 금세라도 도깨비들이 뒤통수를 잡아챌 것 같아 뒤가 켕겼다. 마음은 저만치 가고 있는데 발걸음이 거기에 따라가지 못했다. 제멋대로 휘청거리는 다리는 내 몸의 일부인데도 불편하고 성가셨다. 완전히 멀어졌다 싶을 즈음 속도를 늦추었다. 배가 당겼다. 목도 말랐다. 그래도 걸음을 멈출 수가 없었다.

들판에서 농부들이 보리를 수확하고 있었다. 밭둑길에서 큰길로 올라서려던 나는 얼른 몸을 낮추었다. 큰길 저쪽에서 고양이가 오고 있었기 때문이었다. 멀리서도 왼쪽 눈 밑에 난 흰 털이 선명했다.

혹시……?

불길한 내 짐작은 여지없이 들어맞았다. 나를 따돌렸던 바로 그 고양이였다. 가방을 비껴 멘 고양이는 자기 발보다 터무니없이 큰 장화를 신었다. 귀에는 이어폰을 꽂았다. 양쪽 귀에서 가슴께로 모아진 이어폰 줄이 가방으로 들어갔다. 그러니까 가방엔 엠피스리 플레이어가 들어 있었다. 괘씸하긴 했지만 맞닥뜨려 봤자 좋을 게 없었다.

나는 보릿단을 묶는 농부들 사이에 슬쩍 끼어들었다. 마침 누군가 벗어 놓은 밀짚모자가 눈에 띄어 얼른 집어 깊숙이 눌러썼다.

"넌 뉘 집 애냐?"

얼굴이 유난히 새카만 농부가 물었다.

"아빠가 여기서 일을 도우라고 하셨어요."

"그래? 보릿단을 저쪽에다 옮겨라."

아빠가 누구냐고 물을까 봐 조마조마했는데, 농부는 그냥 넘어갔다. 나는 보릿단을 어깨에 얹었다.

"주목!"

귀에서 이어폰을 뺀 고양이가 농부들에게 소리쳤다.

일손을 놓은 농부들이 고양이에게로 고개를 돌렸다. 어떤 농부는 전혀 신경을 쓰지 않고 하던 일에만 열중했다.

"조금 있다 마차 행렬이 지나갈 것이다. 마차에서 내린 사람이 이 땅의 주인이 누구냐고 물으면 카라바스 후작님이라고 말해라. 그렇지 않으면 내가 너희들을 가만두지 않을 것이다. 알았느냐?"

"예."

고양이가 으르자 농부들은 건성으로 대답했다.

"소리가 작다. 다 같이 복창한다. 카라바스 후작님!"

고양이의 말을 농부들이 역시 건성으로 따라 했다.

"좋아. 너, 이 땅의 주인이 누구시라고?"

고양이가 한 농부에게 물었다.

"카라바스 후작님."

"좋아, 좋아. 그럼 일들 하라고."

바삐 몸을 돌려세운 고양이가 이어폰을 다시 귀에 꽂았다. 고양이는 허공에 대고 지휘하듯 손을 휘저으며 걸었다.

동화를 읽을 때는 몰랐는데, 내가 농부들 입장에서 강요당하니까 기분이 나빴다. 그런데도 누구 하나 나서서 고양이에게 따지지 않았다. 나는 그 점이 이상해서 옆의 농부에게 물었다.

"여긴 카라바스 후작의 땅이 아닌데 왜 고양이가 시키는 대로 한다고 하셨어요?"

"난 남의 땅을 부치는 사람이다. 어차피 내 땅도 아닌데 땅 주인이 카라바스 후작이면 어떻고, 카스텔라 백작이면 어때. 괜히 나섰다 말이 길어져 일을 못하면 나만 손해지."

농부가 보릿단을 묶으면서 대답했다.

"무서운 게 아니고요?"

"저 조그만 고양이가 무섭다고? 애야, 웃기지 좀 마라. 오늘 내로 이 보릿단을 다 옮겨야 되니까 노닥거릴 시간 없다. 어서 보릿단이나 날라라."

코웃음을 친 농부가 말했다.

다른 농부들도 같은 생각인 듯 말없이 입을 꾹 다문 채 부지런히 손을 놀렸다. 농부들의 머릿속에는 오로지 어서 일을 마쳐야 한다는 한 가지 생각만으로 가득 차 있는 것 같았다. 그러니 고양이의 말이 옳은가 그른가에 신경 쓸 겨를이 없었다. 이것저것 더 묻고 싶은 걸 참고 일어났다. 일을 더 방해했다간 농부가 화를 낼지도 몰랐다.

나는 고양이가 멀어지기를 기다려 큰길을 가로질렀다. 고양이는 큰길 양쪽에서 일하는 농부들을 만날 때마다 여기서 했던 말을 그대로 반복했다. 브레멘에 가서 악사가 되겠다더니 어째서 여기에 있는 걸까? 다른 동물들은? 고양이를 불러 세워서 물을 수도 없었다. 고양이는 장화를 질질 끌며 멀어져 갔다.

나는 해를 등지고 걸었다. 그래야 쨍쨍 내리쬐는 햇빛을 조금이나마 피할 수 있으니까. 어차피 정해 둔 목적지도 없었다. 한동안 시계를 안 봤더니 시간에 대한 감각도 무뎌졌다. 내가 할 수 있는 유일한 동작은 무작정 걷는 거였다.

걷고 또 걸었다.

먼지가 이는 길을 한참 가자 이정표가 나왔다. 영어인지, 독일어인지 휘갈겨 적어 놓아 읽지는 못해도 반가웠다. 이정표가 있다는 건 마을이 그리 멀지 않다는 뜻이니까. 아니나 다를까, 얼마 지나지 않아 뾰족한 지붕들이 옹기종기 모여 있는 마을이 나타났다. 넓적한 돌이 깔린 길은 깨끗했다. 방앗간 앞에 앉아 운동화를 벗고 발과 다리를 주물렀다.

어디선가 피리 소리가 들리더니 점점 가까워졌다. 피리를 부는 남자 뒤를 한 무리의 아이들이 따랐다. 아이들은 신 나서 춤을 추기도 하고, 옆의 아이와 얘기를 나누기도 했다.

무슨 동화인지 알 만했다. 귀를 막았다. 그런데 가만히 생각해 보니 이미 피리 소리를 들은 뒤였다. 하지만 남자를 따라가고 싶은 충동이 일지 않았다. 귀에서 살짝 손을 뗐다. 역시 내 마음에선 아무런 변화도 일어나지 않았다. 이 마을에 살지 않아서일까? 피리 부는 사나이는 하멜른에 사는 아이들만 데리고 갔으니까. 귀에서 손을 완전히 뗐다. 자기들에게 무슨 일이 닥칠 줄 모르는 아이들은 희희낙락했다. 아는 아이들과 모르는 아이들이 섞여 있었다. 아이들이 마을을 벗어나지 않도록 막아 보고 싶었다.

"얘, 어디 가는 거니?"

머리를 양 갈래로 땋은 여자아이에게 말을 걸었다. 학교는 다르지만 같은 학원에 다니는 아이였다.

"그냥, 다른 아이들을 따라가는 거야."

"다른 아이들은 어디 가는데?"

"몰라."

여자아이는 그런 건 아무래도 상관없다는 듯 말했다. 대답을 하면서도 정신은 딴 데 가 있었다.

"어디 가는 중이니?"

여자아이 뒤에 있는 남자아이에게 물었다. 무릎까지 올라오는 흰 양말에 깃털 달린 모자를 쓴 남자아이는 우리 반 실장이었다. 엄마가 학교 운영 위원이어서 함부로 건드리지 못하는 아이들 중 하나이기도 했다.

"다른 아이들을 따라가는 중이야."

여자아이와 똑같은 대답이었다. 숨을 헉헉거리는 남자아이의 눈빛은 어딘가 모르게 흐리터분했다. 일고여덟 살 정도 된

115

남자아이에게도 물었지만 같은 대답이 돌아왔다.

"낯선 사람을 따라가면……."

부질없는 짓이다 싶어 나머지 말은 삼켰다.

아이들에게 내 말이 제대로 전달될 리가 없었다. 피리 소리
에 홀린 아이들은 판단력을 잃어버렸으니까. 도움을 청하려고
했지만 어쩐 일인지 어른들은 눈 씻고 봐도 없었다.

아이들은 눈 깜짝할 사이에 마을을 벗어났다. 나는 사라져
가는 아이들을 안타깝게 지켜보다 고개를 가로저었다. 마음은
무거웠지만 내 능력 밖의 일이었다.

무거운 발걸음을 떼 놓았다. 마을을 지나자 야트막한 언덕
이 나왔다. 그 언덕을 넘어서 조금 더 가자 커다란 숲이 내 앞
을 막았다. 또 무슨 일이 기다리고 있을까? 막막하고 두려운
심정으로 숲을 둘러보았다.

햇볕이 따가웠다. 날씨도 건조했다. 목도 마르고, 긴장되기
도 했다. 나는 주저주저하며 숲으로 들어갔다.

나무가 햇볕을 막아 주었다. 나무둥치에 기대앉아 쉬었더니
한결 나았다. 옷깃을 흔들어 바람을 일으키던 나는 허리를 세
우고 귀를 기울였다. 물소리였다. 그리 멀지 않은 곳에 실개울
이 흘렀다. 손바닥으로 떠서 세수도 하고 갈증도 달랬다. 한결
기운이 솟았다.

옷자락으로 얼굴의 물기를 닦고 난 나는 소스라치게 놀랐
다. 두 남자가 나를 뚫어져라 쳐다보고 있었기 때문이었다. 얼

116

굴이 흉측한 남자와 얼굴이 창백한 남자.

얼굴이 흉측한 남자는 나를 얼른 외면했다. 하지만 나는 이미 남자의 이마와 얼굴에 있는 꿰맨 자국을 본 다음이었다. 얼굴이 창백한 남자는 앞머리를 전부 빗어 뒤로 넘겼고, 고풍스런 디자인의 검은 양복에 검은 망토를 걸쳤다. 프랑켄슈타인과 드라큘라였다. 남자들의 정체를 알고 나자 심장이 터질 것처럼 빠르게 뛰었다. 뭐야, 아깐 『라푼첼』과 『심청전』이 한 사람에게 뒤섞이더니, 이젠 다른 이야기의 주인공들이 한꺼번에 등장하네?

나도 모르게 땅바닥을 더듬던 내 손에 뭔가가 잡혔다. 내 엄지손가락보다 조금 더 굵은 나뭇가지였다. 나를 구해 줄 물건이라도 되는 양 그것을 꼭 움켜잡았다. 죽은 나뭇가지라도 상관없었다. 프랑켄슈타인과 드라큘라에게 아무런 위력을 발휘하지 못할 무기일지라도 나를 지켜 줄 거라고 생각하니 당장은 위안이 되었다.

"무서워하지 마. 우린 나쁜 사람 아냐."

프랑켄슈타인은 얼굴을 돌린 채 말했다. 나에게 자신의 흉측한 얼굴을 보이고 싶지 않은 것 같았다. 나를 공격하거나 해칠 의사는 없어 보였다. 나뭇가지를 버렸다. 프랑켄슈타인과 드라큘라가 달려든다면 나뭇가지로는 어림도 없었다. 쓸데없는 행동으로 공격할 의사가 없는 이들을 자극하는 건 어리석은 짓이었다.

"전 아저씨를 알아요. 절 똑바로 보셔도 돼요."

내 말에 프랑켄슈타인이 주저하며 얼굴을 바로 했다. 여전히 숙인 고개는 들지 않았다. 피하지 못할 거면 정면 돌파하는 게 나았다. 나는 프랑켄슈타인에게로 가서 옷소매를 살며시 잡아당겼다. 친근함을 표시하려면 이 방법밖에 없었다. 프랑켄슈타인이 망설이며 고개를 들었다. 심장이 멈추는 듯했다. 얼굴 상태는 책에서 읽은 것보다 훨씬 심각했다. 나는 애써 웃으며 괜찮다는 뜻으로 고개를 끄덕였다.

흉측한 외모와는 달리 프랑켄슈타인의 눈은 한없이 맑고 선량했다.

"넌 내가 무섭지 않니?"

프랑켄슈타인이 조심스레 입을 열었다.

"솔직한 대답을 원하세요?"

나는 당돌하게 되물었다. 어쩐지 거짓말하기가 싫었다. 프랑켄슈타인이 고개를 끄덕였다.

"사실은 무서워요."

"그렇구나."

프랑켄슈타인 얼굴에 실망한 빛이 떠올랐다.

"그렇지만 상관없어요. 정말이에요."

손으로 뺨과 이마의 실밥을 더듬던 프랑켄슈타인이 절망적인 신음 소리를 흘렸다.

"다른 사람들도 당신을 좋아하게 될 거예요."

프랑켄슈타인이 가엾고 안쓰러워 덧붙였다. 머리를 감싼 프
랑켄슈타인은 말이 없었다. 내 말은 프랑켄슈타인에게 위로가
되지 못했다. 그건 내가 들어도 무책임한 말이었으니까. 하지
만 확실히 위로가 될 말을 해야 한다는 조바심에 쫓길수록 말
은 입안에서 뱅뱅 돌기만 했다.

"나는?"

드라큘라가 불쑥 끼어들었다. 말뜻을 파악하려고 드라큘라
를 보았다. 차가운 눈빛과 마주치자 가뜩이나 놀란 가슴이 더
욱 졸아들었다. 드라큘라가 눈으로 최면을 거는 영화의 한 장
면이 떠올라 눈길을 마주치기가 무서웠다.

"나는 무섭지 않느냐고. 나도 솔직히 대답해 줬으면 좋겠
다."

"피를 빠, 빨리면 나도 흡혈귀가 되는데, 왜 무, 무섭지 않겠
어요."

망설이던 나는 더듬거리면서도 사실대로 털어놓았다.

위기를 모면하려고 거짓말을 했다간 더 큰일이 벌어질지도
몰랐다. 하지만 해 놓고도 잘한 짓인가 하는 후회가 들었다. 화
가 난 드라큘라가 송곳니를 드러낼 것만 같아 자꾸만 목이 움
츠러들었다.

"그렇구나."

낮게 한숨을 내쉰 드라큘라가 서글픈 눈빛을 했다. 다른 사
람 목에 송곳니를 박을 때의 섬뜩한 눈빛과는 사뭇 달라 혼란

스러웠다.

"사람들은 남의 말을 쉽게 하지."

풀이 죽은 드라큘라가 서운함이 잔뜩 섞인 말투로 중얼거렸다. 그렇게 말하는 데는 무슨 사연이 있을 것 같았다. 나는 드라큘라의 다음 말을 기다렸다.

"여길 봐라."

드라큘라가 나를 향해 입을 쩍 벌렸다. 나는 드디어, 하는 생각에 한 발 물러나며 목을 두 손으로 감쌌다.

"놀라게 해서 미안하구나. 괜찮다. 여길 봐."

드라큘라가 자기 입을 가리켰다. 부드럽고 상냥한 말투에는 공격할 의사가 담겨 있지 않았다. 그렇다고 마음을 아주 놓을 수는 없었다. 여차하면 도망갈 준비를 단단히 한 나는 목젖이 보일 만큼 크게 벌린 드라큘라의 입안을 들여다보았다. 어? 있어야 할 게 없었다. 입안을 샅샅이 살폈지만 송곳니가 없었다.

"송곳니가 없네요?"

속임수일지도 몰라 나는 여전히 경계를 풀지 않았다.

"그렇단다. 난 사람 피를 먹지 않는다. 평범한 사람일 뿐이야. 옷도 이게 뭐니? 이건 내 취향이 아냐. 이런 검은색 옷을 입혀야 밤과 잘 어울린다고 생각한 모양인데, 이건 명예훼손이자 인격 모독이야. 사람들은 진실을 알려고 하기보단 자기 입맛에 맞는 얘기만 귀담아듣지."

"그런데 왜 사람들은 아무 죄도 없는 아저씨를 흡혈귀로 만들었을까요?"

"내 이름은 블라드 체페슈. 지금의 루마니아 남부에 위치한 왈라키아 공국의 지배자였지. 나는 전쟁 포로를 말뚝에 꽂아 처형하곤 했어. 아버지와 형을 암살한 혐의가 있는 사람들도 말뚝으로 죽였지. 아마도 그 때문에 그런 소문이 퍼진 모양이다."

"제가 그 오해를 풀게 도와 드릴게요."

처형 방법이 잔인하기는 했다. 그렇지만 잔인한 것과 사람 피를 빼는 건 엄연히 달랐다. 흡혈귀라고 손가락질 당하는 건 억울한 일이었다. 나도 누명을 썼던 터라 동정하는 마음이 생겼다.

"글쎄다……. 오해가 풀릴까?"

"확실하게 대답할 순 없지만 노력해 볼게요."

"어쨌든 고맙구나."

우리는 숲을 걸었다. 내 허리까지 자란 풀을 헤치느라 손등과 손목에 상처가 났다. 길을 잃고 같은 장소를 뱅뱅 돌며 헤매기도 하고, 길을 잘못 들어 되돌아 나오기도 했다. 그래서 숲을 벗어나는 데 오래 걸렸다.

너른 들판에서 양들이 한가로이 풀을 뜯고 있었다. 새파란 하늘에는 양떼구름이 떠 있었다. 언덕 위에 세워진 조그만 오두막 창문으로 사람의 모습이 어른거렸다.

"저기 사람이 있어요."

"괜찮을까?"

"그럼요."

주저하는 프랑켄슈타인과 드라큘라를 뒤에서 밀어 언덕으로 올라갔다.

"계세요?"

내가 문을 두드렸다. 가볍게 두드렸을 뿐인데도 문이 저절로 열렸다. 한 노인이 탁자에 음식을 차리고 있다가 우리를 보았다. 손에 든 치즈 덩이를 떨어뜨린 노인의 눈이 500원짜리만 하게 커졌다.

"제 말씀 좀 들어 보세요."

나에게 말할 틈도 주지 않고 노인은 창문을 뛰어넘었다. 노인은 달음질쳐 언덕을 내려가며 연신 이쪽을 돌아보았다. 넘어져도 오뚝이처럼 일어나서 괴상한 소리를 지르며 내달렸다. 나는 그토록 짧은 시간에 그렇게 빨리 뛰는 사람을 본 적이 없었다.

나는 프랑켄슈타인과 드라큘라를 차례로 보며 어깨를 으쓱했다. 두 사람도 으레 그럴 줄 알았다는 듯 씁쓸하게 웃었다.

나는 바닥에 떨어진 치즈 덩이를 주워 흙먼지를 대충 떨었다. 우리는 탁자에 차려진 빵과 우유, 포도주를 맛있게 먹었다. 벽에 걸린 가죽 가방 안에서 다른 음식물을 찾아냈다. 아마도 노인의 저녁 식사인 듯했다. 음식물 분배를 맡은 드라큘라가 나를 아이라고 차별하지 않고 똑같이 삼등분했다. 노인 한 사

람이 먹을 두 끼의 식사여서 셋이 먹기에는 좀 부족했다. 포도
주는 프랑켄슈타인과 드라큘라만 마셨다. 노인에게 미안했지
만 배가 너무 고파 어쩔 도리가 없었다.

양을 친다는 건 근처에 마을이 있다는 말이었다. 우리는 노
인이 사라진 쪽으로 방향을 잡았다.

짐작이 맞았다. 멀리로 산자락을 끼고 이루어진 아담한 마
을이 나타났다. 마을 왼쪽에는 숲이 있고, 오른쪽으로는 조그
만 개천이 흘렀다. 조용하고 평화로웠다. 노인이 프랑켄슈타
인과 드라큘라를 보고 간 터라 나는 마음이 놓이지 않았다.

"여기서 잠깐 기다리시겠어요? 제가 마을을 둘러보고 올 게
요." ·

프랑켄슈타인과 드라큘라는 순순히 그러라고 하면서 길가
의 굴참나무 뒤에 숨었다. 항상 사람들에게 쫓기고 시달림을
받아서인지 내 말에 거부감을 나타내지 않았다.

"둘러볼 것 없어!"

돌아서던 나는 벼락같은 소리에 멈춰 섰다.

숲 속에서 몰려나온 남자들이 삽시간에 우리를 에워쌌다. 남
자들은 쇠스랑과 곡괭이 같은 농기구나 몽둥이를 들었다. 몇몇
은 십자가를 들고 있는 것으로 보아 드라큘라의 정체도 이미
알고 있었다.

남자들의 기세에 눌린 나는 프랑켄슈타인과 드라큘라에게
로 갔다. 굴참나무를 중심으로 우리는 독 안에 든 쥐 꼴이 되고

말았다. 그래도 남자들은 일정한 거리를 두고 더 이상 다가오지는 않았다.

프랑켄슈타인과 드라큘라는 안절부절못했다. 드라큘라에게 오해를 풀어 주겠다고 했으니 약속을 지켜야 했다.

"제 말 좀 들어 보세요."

용기를 낸 나는 침착하게 한 걸음 나섰다.

"듣긴 뭘 들어. 괴물과 한패인 걸 보면 이 녀석도 괴물이 틀림없어. 가만 둬선 안 돼. 다신 이 근처에 얼씬거리지 못하도록 따끔한 맛을 보여 줘야 돼."

처음에 소리를 지른 남자가 다른 사람들 들으라는 듯 목소리를 높였다. 남자는 피부가 까무잡잡하고 눈썹이 짙었다. 그래서 강한 인상을 풍겼다.

"우린 괴물이 아니에요. 여러분을 해치지도 않을⋯⋯."

"공격!"

남자는 내가 말을 끝내기도 전에 외쳤다.

무기를 치켜든 남자들은 함성을 지르면서도 프랑켄슈타인과 드라큘라 때문에 발을 구르며 위협만 할 뿐 선뜻 다가오지는 못했다. 우리는 은밀한 눈짓을 나누었다. 그러고는 눈 깜짝할 사이에 각기 다른 방향으로 뿔뿔이 달아났다. 그건 누가 가르쳐 준 것도, 사전에 약속한 것도 아니었다. 오로지 남자들을 흩어 놓아야 무사하리라는 본능이 시킨 것이었다.

나는 어금니를 물고 달렸다. 들썩거려 달리는 데 방해가 되

는 가방을 손으로 꽉 잡았다. 아까 노인이 우리 일행을 보고 내
뺐던 속도보다 더 빨랐다. 돌아보니 남자 넷이 나를 쫓아왔다.
그들은 전속력으로 따라오지 않았다. 나를 잡기보다는 쫓아내
는 게 목적인 것 같았다. 남자들이 돌멩이를 던졌다. 나뭇가지
에 맞은 돌멩이들이 이파리를 스치며 떨어졌다. 돌멩이 하나
가 내 옆의 나무에 맞아 둔탁한 소리를 냈다. 나는 돌멩이에 맞
을까 봐 지그재그로 달리며 속력을 줄이지 않았다. 재수가 없
으면 프랑켄슈타인이나 드라큘라와 맞닥뜨릴지도 몰랐다. 의
논해서 방향을 정한 게 아니었으므로.

가능한 한 이곳에서 멀리 벗어나야 했다.

9

발걸음 뗄 힘도 없었다. 나는 이파리가 유난히 넓고 긴 나무 밑에 앉아 숨을 골랐다. 거친 숨이 차츰 잦아들었다.

프랑켄슈타인과 드라큘라는 어떻게 되었을까?

그들에게 미안했다. 상황이 여의치 않았다고는 해도 드라큘라와의 약속을 지키지 못한 것이다. 겉모습만 보고 공격해 오다니. 게다가 설명할 기회도 주지 않고. 마을 사람들이 원망스러웠다. 다른 사람을 이해하는 게 참 어려운 일이구나 싶었다. 어찌 보면 마을 사람들 탓할 일이 아니었다. 나도 누명을 쓰지 않았더라면 프랑켄슈타인과 드라큘라에게 쉽게 마음을 열지 못했을 테니까.

목이 말랐다. 물을 찾아 나서려던 나는 놀라서 도로 털썩 주저앉고 말았다. 칼과 활을 든 원주민들이 나를 포위하고 있었다. 원주민들이 기척도 없이 다가와 더 놀랐다.

"&*$@#%!#?!|&%*#."

화려한 치장을 한 원주민이 창으로 위협하며 말했다. 무슨 말인지는 몰랐지만, 그래야 할 것 같아 나는 일어났다. 원주민 둘이 달려들어 내 손을 뒤로 해서 묶었다. 나를 둘러싼 원주민들이 무기를 치켜들고 괴성을 질러 댔다. 나를 잡았다고 기뻐하는 것 같았다. 이런 경우를 쓰레기차 피하려다 똥차에 치인다고 하는 건가?

"제 말 알아들어요? 전 나쁜 사람이 아니에요."

나는 억지웃음을 지으며 열심히 설명했다. 우리 반 범생 현빈이처럼 착해 보이는 표정을 지었다. 원주민들은 내 표정 따위는 아랑곳 않고 못 알아먹을 말만 했다.

아까 나를 쫓아온 남자들과는 말이라도 통했지만 이들과는 아예 대화가 되지 않았다. 나는 한숨부터 나왔다. 짐승 가죽으로 사타구니만 겨우 가린 원주민들은 뼈로 만든 목걸이를 하고 있었다.

혹시…….

눈을 크게 뜨고 유심히 봤지만 뼈가 사람 것인지 짐승 것인지 분간되지 않았다. 원주민 하나가 내 어깨를 우악스럽게 돌려세웠다.

해안가에는 열 명가량의 원주민이 더 있었다. 그 원주민들이 환호성을 지르며 나를 앞세운 자기네 종족을 맞았다.

갈수록 태산이군.

절로 한숨이 나왔다. 모래사장에는 나 말고도 두 사람이 더 잡혀 와 있었다.

통나무 속을 파내 만든 배 다섯 척이 모래사장에 얹혀 있었다. 뒷부분이 물에 잠긴 배들은 파도에 조금씩 흔들렸다. 운동화에 모래가 들어갔다. 손이 묶여 있어서 털 수가 없었다.

먼저 잡혀 온 두 사람은 나를 잡아 온 원주민과 비슷하게 생겼다. 그런데 전투를 하다 잡혀 왔는지 온몸이 상처투성이였다.

원주민이 나를 그 두 사람 옆에 앉혔다.

"안녕하세요?"

나는 얼굴을 앞으로 둔 채 낮은 목소리로 말을 걸었다.

옆 사람은 내 인사를 받지 않았다. 곁눈질로 보니 겁에 질린 눈빛이었다.

이건 동화책에 나올 만한 장면이 아니다.

순간 그런 생각이 들었다. 예감이 좋지 않았다.

원주민들이 두 사람과 나를 배에 태웠다. 두 사람은 거칠게 다뤘지만 나는 아이라서 그런지 살살 다루었다.

두 사람이 탄 배는 내가 탄 배보다 먼저 출발했다. 배들은 건너편에 있는 섬을 향해 곧장 나아갔다. 나는 두려운 눈길로 섬을 바라보았다. 섬 중앙에는 산이 불룩 솟아 있었다.

나는 점점 불안해졌다. 내 앞뒤로 탄 원주민들은 묵묵히 노만 저었다.

배가 해안가에 닿았다. 원주민들이 모래사장으로 뛰어내렸다. 그중 한 원주민이, 나는 배에 남아 있으라고 손짓했다. 배에서 뛰어내린 원주민들이 배를 바닷가로 끌어올렸다.

모래사장에 모닥불이 피워져 있었다. 원주민들은 그 둘레를 돌며 춤을 추었다. 원주민 몇이 몰려와 나보다 먼저 도착해 있던 두 사람을 배에서 끌어내렸다.

두 사람은 가지 않으려고 몸부림을 쳤다. 반항이 워낙 거세자 나를 지키던 원주민들까지 합세하여 끌고 갔다. 나는 퍼뜩 떠오른 어떤 생각에 온몸을 부들부들 떨었다. 내 짐작이 맞는다면 이 상황은 『로빈슨 크루소』였다.

원주민들은 두 사람을 죽여서 구워 먹을 것이다. 나는 머리를 살짝 들고 뱃전 너머에서 벌어지는 일을 훔쳐보았다.

연기가 피어오르는 모닥불가로 끌려간 두 사람 중 하나가 순식간에 칼을 맞고 쓰러졌다. 단말마의 비명은 끔찍했다. 나는 부르르 진저리를 치며 귀를 막았다. 나머지 한 사람은 자기 차례를 기다리며 벌벌 떨고 있었다.

욕지기가 치밀었다. 짐작이 빗나가길 바랐는데, 『로빈슨 크루소』가 맞았다.

왜 꼭 나쁜 예감은 들어맞는 걸까.

따가운 햇볕 아래인데도 으스스한 한기가 돌았다. 도망가려면 감시하는 원주민들이 없는 지금이 기회였다. 나는 묶인 손을 풀었다. 줄이 느슨해서 어렵지 않았다.

"최담. 침착해."

배 바닥에 납작 엎드린 나는 스스로에게 타일렀다. 두근거리는 가슴이 좀처럼 진정되지 않았다. 입술에 침을 묻히고 나서 다시 말했다.

"최담. 셋 하면 뛰는 거야. 셋이야. 알았지? 자, 지금부터 센다. 하나……. 둘……."

셋을 세려는데 갑자기 모닥불가가 시끌시끌해졌다. 다시 고개를 들었다. 남아 있던 사람이 도망치고 있었다. 모래에 푹푹 빠지는 발이 몹시 무거워 보였다. 그러면서도 나아가는 속도를 늦추지 않았다. 원주민 둘이 그 사람을 쫓아갔다. 나머지 원주민들은 모닥불가를 떠나지 않았다. 도망친 포로를 쫓는 것보다 인육을 먹는 일이 더 중요한 듯했다. 누린내가 코를 찔렀다. 나는 입과 코를 막고 헛구역질을 했다.

높이 솟은 산을 눈으로 훑었다. 저 어디쯤에 로빈슨 크루소의 집이 있을 터였다. 가방끈을 줄여 단단히 비껴 멨다. 마음을 다져 먹은 나는 배에서 뛰어내렸다. 허리를 낮추고 운동화를 벗어 양손에 한 짝씩 나눠 들었다.

파도가 들락날락하는 바닷가를 따라 달렸다. 가만있어도 비지땀이 흐르는 뙤약볕 아래를 달리자니 숨이 턱턱 막혔다. 마음만 급한 탓에 다리를 아무리 놀려도 러닝머신 위를 달리는 것처럼 잘 나아가질 않았다. 인육 먹는 데 정신이 팔린 원주민들은 나에게는 관심도 없었다.

원주민들의 시야에서 완전히 벗어났다고 판단되는 곳에서 숲 속으로 들어갔다. 덤불 아래에 엎드려 숨을 골랐다. 여기서 살아남는 방법은 딱 하나였다. 로빈슨 크루소를 찾아가야 했다.

어디였더라?

책 여기저기에 흩어져 있는 정보들을 모으려고 눈을 감았다.

우선, 언덕 중간쯤에 있는 평지라고 했다. 뒤로는 경사가 심하게 져서 맹수나 원주민의 습격을 받을 염려가 없는 곳……. 또 바다가 보여서 배가 지나가면 언제든지 구원 요청이 가능한 곳……. 언덕의 북서쪽이어서 한낮의 태양열을 피할 수 있다고 했다. 그리고 집을 숨기기 위해 두 번에 걸쳐 나무 울타리 바깥쪽에 심은 나무가 울창하게 자랐다고 했다. 또…… 원주민들이 인육을 먹던 바닷가는 로빈슨 크루소가 지내던 곳의 서쪽이라고 했고, 소총 두 자루에 권총 한 자루, 칼로 중무장한 로빈슨 크루소가 달려 두 시간 이상 떨어진 거리라고 했다.

머릿속에 그림이 대충 그려졌다. 다행히 웬만한 건 다 기억이 났다.

이제 그 그림과 일치하는 장소를 찾는 일만 남았다. 부러진 나무의 나이테를 보고 방위를 확인했다. 심하게 뛰는 가슴이 좀체 진정되지 않았다. 원주민들이 인육을 먹는다는 건 이미 알고 있었는데도 팔뚝에 소름이 돋았다.

바다가 내려다보이는 언덕이라…….

막막한 심정으로 주위를 돌아보았다. 높이 치솟은 나무들 때문에 어디가 어딘지 분간이 되지 않았다. 참, 원주민들이 인육을 먹던 바닷가에서 로빈슨 크루소 집으로 가려면 작은 강을 건너야 했다. 원주민들로부터 도망치던 프라이데이가 로빈슨 크루소에게 구출될 때 헤엄쳐 건넜던 바로 그 강이었다.

조금 더 가니까 책에 나와 있는 대로 작은 강이 나왔다. 강폭이 좁은 곳을 골라 헤엄쳐 건넜다. 숲 속을 한참 헤매다 염소 우리를 발견했다. 큰 염소 여덟 마리와 새끼 염소 다섯 마리가 한가로이 풀을 뜯고 있었다. 우리는 꽤 넓었다. 촘촘하게 심은 나무들은 울타리 구실을 하는 동시에 교묘하게 염소들을 가렸다. 나도 염소 울음소리가 아니었다면 거기가 염소 우리인지도 모르고 지나쳤을 것이다. 로빈슨 크루소가 만든 염소 우리였다. 해결의 실마리가 잡히니까 천근만근인 몸에서 힘이 솟았다.

해질 무렵에 로빈슨 크루소의 집으로 짐작되는 곳에 도착했다. 울창한 나무숲을 지나자 흙으로 쌓은 담이 나타났다. 소총을 쏘려고 뚫어 놓은 일곱 개의 구멍도 있고, 드나들 때 사용하는 사다리도 담에 걸쳐져 있었다. 주변에 사람 발자국도 있었다. 나뭇가지를 주워 재어 보니 발자국은 모두 크기가 같았다.

책에 묘사된 그대로였다. 긴장이 풀리자 피로가 한꺼번에 몰려왔다. 마냥 이러고만 있어선 안 된다는 생각에 겨우 몸을 일으켰다.

"계세요?"

나는 엉덩이를 털면서 소리쳤다.

대답이 없었다. 한 번 더 불렀지만 인기척이 없었다.

사다리가 바깥쪽에 나와 있었다. 로빈슨 크루소는 외출했다. 로빈슨 크루소가 집 안에 있다면 사다리를 바깥에다 뒀을 리가 없었다. 하루 종일 굶어 배가 고팠다. 사다리를 타 넘었다.

집 안은 깔끔하게 정리돼 있었다. 한가운데는 로빈슨 크루소가 직접 만들었다는 탁자와 의자가 있었다. 그 위에는 반쯤 쓴 초가 놓여 있었다. 책에선 초를 염소 기름으로 만들었다고 했다. 만져 보니 약간 말랑했다. 냄새를 맡았다. 선입견 때문인지 누린내가 나는 것 같았다. 인육을 굽던 냄새가 떠올라 욕지기가 치밀었다.

나무를 죽 이어 세운 벽에는 각종 연장들이 걸려 있고, 여러 단으로 만든 선반에는 각종 생활 도구가 가지런히 정리돼 있었다. 구석에는 크고 작은 궤짝이 있었다. 한쪽에는 해먹을 걸어 두었다. 실버들로 짠 바구니에서 찾아낸 빵과 건포도를 먹었다. 항아리에 물이 담겨 있었다. 이끼 냄새가 나는 물을 맘껏 마시고 나자 눈꺼풀이 무거워졌다. 주위가 어두워진 걸 보면서도 초를 켜야지 하는 마음뿐이었다. 손가락 하나 까딱하는 것도 귀찮았다. 자꾸 옆으로 기우는 고개를 몇 번 추스르다가 이내 잠 속으로 빠져들었다.

무언가가 내 어깨를 자꾸 쑤셨다. 한쪽 눈을 떠서 보았다가 벌떡 일어났다. 가죽옷을 입은 사람이 소총 총구로 내 어깨를 찌르고 있었다. 로빈슨 크루소였다.

"아, 오셨어요."

나는 허리를 젖혀 크게 기지개를 켰다. 로빈슨 크루소가 한 발짝 뒤로 물러났다. 촛불을 켠 집 안은 환했다.

"넌 누구냐?"

로빈슨 크루소는 내가 아이란 걸 알 텐데도 경계심을 늦추지 않았다.

"원주민들에게 잡혀 이 섬으로 왔어요."

"그랬구나. 여긴 어떻게 찾았니?"

로빈슨 크루소의 표정이 심각했다. 그럴 만도 했다. 집을 공들여 위장했는데, 나에게 들켜 낭패스러운 것이리라.

"도망치다 우연히 찾아냈어요."

나는 '우연'에다 힘을 주어 말했다.

"그래, 어쨌든 잘 왔다. 사람 목소리를 들어보는 게 하도 오랜만이어서 몹시 기쁘구나."

다행히 로빈슨 크루소의 목소리가 밝아졌다. 나도 안다. 이 섬에서 혼자 살던 로빈슨 크루소가 프라이데이를 만난 게 25년 만인가 그랬다. 프레이데이는 어디 있지? 만나기 전인가?

"저…… 죄송해요. 허락 없이 빵과 물을 마셨어요."

"괜찮다, 괜찮아. 나도 저녁을 먹어야 하는데 더 먹을래?"

로빈슨 크루소는 탁자에 빵과 염소젖 치즈, 건포도를 잔뜩 차렸다. 나는 또 먹었다. 잠들기 전에 그렇게 먹고도 또 들어갈 자리가 있다는 게 신기했다.

로빈슨 크루소가 짚더미 위에 낡은 담요를 깔아 잠자리를 만들어 주었다.

"이름이 뭐니?"

"담이……, 아니 웬즈데이예요."

오늘이 수요일이라는 게 떠올라 그냥 그렇게 말했다.

"웬즈데이? 특별한 이름이로구나. 그래, 앞으로 어떻게 할 거냐?"

해먹에 누운 로빈슨 크루소가 어둠 속에서 물었다.

"날이 밝는 대로 떠날 거예요."

어쩌겠다는 작정은 없었지만 나는 돌아가야 할 집이 있었다.

"갈 곳은 있느냐?"

"예."

"한 가지만 약속한다면 여기서 나랑 같이 살아도 좋다."

"뭔데요?"

함께 살 마음은 없었지만 그 약속이라는 게 궁금했다.

"내 밑에서 일하는 거다. 집 안 청소나 빨래처럼 간단한 일만 하면 된다."

"전 날이 밝자마자 떠날 거예요. 꼭 가야 할 데가 있거든요."

하인이 되라는 말이어서 나는 단호하게 거절했다. 전혀 뜻밖의 제안은 아니었다. 책에도 혼자 생활하다 외로움에 지친 로빈슨 크루소가 하인이 있었으면 하는 대목이 있었다.

하인.

그 말에는 누군가의 명령을 맹목적으로 따라야 한다는 의미가 담겼다. 입에 올리는 것만으로도 불편하고 불쾌했다.

"그래? 오늘은 피곤할 테니 푹 자고 내일 다시 생각해 보자꾸나."

로빈슨 크루소는 해먹에 올라가자마자 코를 골았다.

나는 로빈슨 크루소를 등지고 누웠다. 집에서 혼자 방을 쓴데다 코 고는 소리까지 나니까 여간 신경 쓰이는 게 아니었다. 하지만 하루 종일 숲 속을 헤매고 다녀서 몸이 물먹은 솜이었다. 멀리서 맹수가 구슬프게 울었다. 바로 옆에서 들리는 것 같던 그 소리가 점점 희미해졌다. 이윽고 나는 아득한 잠 속으로 빠져들었다.

깨우면 일어나 비몽사몽 간에 먹고 마시고 또 잤다. 이따금씩 깨면 낯선 광경에 머리를 들고, 여기가 어디지? 어리둥절해하다 대답을 찾기도 전에 까무룩 잠이 들었다. 그렇게 자고 먹기를 반복하다 겨우 정신을 차렸다.

피로가 완전히 회복되지 않아 머리는 무겁고 몸은 까라졌지만 나는 가방부터 챙겼다. 로빈슨 크루소는 며칠 더 지내면서 몸이나 회복되면 가라고 했지만 뜻을 굽히지 않았다. 고집을 피우는 나를 물끄러미 바라보던 로빈슨 크루소는 할 수 없다는 듯 고개를 끄덕였다.

로빈슨 크루소가 강가 숲 속에 감춰 둔 통나무배를 끌어내
왔다. 로빈슨 크루소 혼자서 2년 동안 만들었다는 바로 그 배
였다.

배가 작아 두 사람이 타니까 딱 맞았다. 바닷물이 이따금씩
뱃전을 넘어왔다. 내가 몸집이 조금만 더 컸다면 배가 가라앉았
을지도 모른다. 로빈슨 크루소는 노를 능숙하게 저었다. 때마침
썰물이었다. 배는 머지않아 내가 잡혀 왔던 해안에 도착했다.

"먹을 걸 좀 쌌다. 가져가거라."

로빈슨 크루소가 작은 꾸러미를 내밀었다. 말린 염소 고기
와 처음 보는 과일이었다. 나 혼자 먹을 양치고는 많았다. 나는
꾸러미를 가방에 넣었다.

"고맙습니다."

"기어이 가야겠느냐?"

"예."

"어쩔 수 없구나. 조심해서 가렴."

하룻밤을 지냈을 뿐인데도 로빈슨 크루소는 몹시 아쉬워했
다. 우리는 서로 손을 흔들며 작별했다.

기억을 더듬어 내가 원주민에게 잡혔던 곳을 찾았다. 내가
깔고 앉았던 나무 밑의 풀들이 쓰러져 있었다. 젖은 옷을 말릴
겸 쉴 겸 해서 그 위에 앉았다.

발이 아팠다. 운동화를 벗고 발을 주물렀다. 할아버지가 곁
에 있다면 마사지를 해 주었을 텐데. 할아버지가 보고 싶었다.

덩달아 식구들도 떠올랐다. 나도 모르게 눈물이 찔끔 나왔다. 서둘러 팔뚝으로 눈가를 문질렀다.

바로 옆에 얼굴이 비칠 만큼 맑은 물이 고인 옹달샘이 있었다. 그 물로 목을 축였다. 이가 시릴 만큼 시원했다.

목이 마르지는 않았지만 언제 또 물을 마시게 될지 몰랐다. 준비를 단단히 하는 의미로 물을 욕심껏 마셨다. 얼굴과 목덜미도 씻었다. 가방에서 면 티를 꺼내 얼굴을 닦았다.

"말씀 좀 묻겠소이다."

물기를 닦아 내며 고개를 돌렸다. 조선시대 평민 복장을 한 남자가 있었다. 눈썹이 짙은 데다 끝이 치켜 올라가 호랑이 상이었다. 입매가 야무지고 눈빛도 살아 있었다. 몸집도 컸다. 초립을 쓰고 괴나리봇짐 하나만 달랑 멨지만 한눈에도 보통 사람이 아니었다. 홍길동? 내가 읽은 동화책에서 배경이 조선시대고, 남자가 주인공인 건 『홍길동』밖에 없었다. 이제 어지간한 일에는 면역이 돼 놀라지도 않았다.

"전라도 땅 부안을 가려는데, 어느 길로 가야 하는지 아시오?"

"저도 여기는 처음이라……."

"이거 낭패로군……. 목이나 좀 축여야겠군."

남자가 두 손으로 옹달샘 물을 떠 입으로 가져갔다. 내가 그 물로 얼굴을 씻는 걸 봤을 텐데도 달게 마셨다.

남자가 길가 풀밭에 앉더니 괴나리봇짐을 벗었다. 짚신과

138

버선도 벗었다. 나와 눈길이 마주친 남자가 쑥스러운지 씩 웃었다. 남자의 발은 물집투성이였다. 남자가 얼마나 먼 길을 왔는지 짐작되고도 남았다.

"난 한성에서 온 홍길동이라 하오만 댁은 뉘시오?"

역시 내 짐작이 맞았다.

"전 최담입니다."

"어디서 오시는 길이시오?"

"좀 멀리서 왔습니다."

대답하기가 마땅찮아 그렇게 말했다. 홍길동은 고개만 끄덕일 뿐 더 이상 캐묻지 않았다.

정면에서 볼 때와는 달리 옆얼굴 선은 부드러웠다. 언행도 나이에 비해 의젓하고, 먼 길을 왔는데도 옷매무새가 단정했다. 나는 홍길동에게 친근감을 느꼈다. 나처럼 가출을 했기 때문이었다. 하지만 가출 이유는 전혀 달랐다.

나는 아이들에게 삥을 뜯었다는 누명을 써서였고, 홍길동은 신분제의 모순을 참지 못해서였다. 게다가 홍길동은 머잖아 율도국의 왕이 될 거였다. 차이가 나도 너무 났다. 내가 가출한 이유를 누구에게 털어놓기도 쪽팔렸다. 내 처지가 한심하기 짝이 없었다.

어차피 목적지도 없는데 따라갈까?

곧 나는 고개를 저었다. 책에서 읽은 홍길동의 앞길은 험난했다. 이제까지 겪은 사건들만으로도 나에겐 차고 넘쳤다.

"먼저 가 보겠소이다."

짚신을 신은 홍길동이 괴나리봇짐을 멨다.

"조심해 가세요."

나도 일어나서 배웅했다. 나보다 나이가 많기도 했지만, 그
것보다는 친근감의 표현이었다.

슬쩍 웃어 보인 홍길동은 총총 멀어져 갔다. 다시 혼자였다.

떠날 채비를 하는 내 어깨를 누군가가 톡톡 쳤다.

"저……."

돌아본 나는 그대로 엉덩방아를 찧었다. 두 발로 선 늑대였
다. 몸이 진동 모드로 둔 휴대전화처럼 사정없이 떨렸다. 너무
놀라 비명소리도 나오지 않았다.

늑대는 하늘색 바탕에 청색 체크무늬가 들어간 조끼에 주황
색 중절모를 쓰고 있었다. 가까이서 본 늑대는 동화책에서보
다 훨씬 흉악하게 생겼다. 키는 내 두 배에 달했다. 올려다봐서
더 커 보이는 건가? 아니, 두려운 내 마음이 늑대를 더 커 보이
게 하는 건지도 몰랐다.

"놀라게 했다면 죄송합니다."

정중하게 말한 늑대가 앞발을 내밀었다. 침을 꼴깍 삼킨 나
는 괜찮다는 의미로 급하게 고개를 주억거렸다. 갈색 털이 텁
수룩한 앞발은 내 얼굴만 했다. 해칠 의사는 없는 듯했다. 그럴
거였으면 뒤에서 곧장 공격했을 것이다. 나는 잠시 주저하다
가 앞발을 잡고 일어났다.

"혹시 빨간 두건 쓴 계집아이 못 봤습니까?"

여전히 말문이 막힌 나는 손사래를 쳤다.

"바구니를 들었고, 키가 요만쯤 하려나? 아니, 좀 더 작으려나……?"

늑대가 자기 아랫배에 갖다 댔던 앞발을 더 아래로 옮겼다.

"모, 못 봤는데요."

나는 도리질을 치며 겨우 말했다.

말할 때마다 드러나는 송곳니가 무시무시했다. 하지만 꼿꼿이 치켜 선 귀 밑에서 빛나는 두 눈은 상당히 영리하고 슬기로워 보였다. 털에 윤기가 흐르고, 코도 촉촉해서 아주 건강해 보였다. 말투와 행동 어디에도 음흉하고 난폭한 구석은 없었다. 허리를 곧추세운 모습은 점잖았다. 『빨간 두건』에서 사람에게 당하기만 하던 멍청하고 어리석은 모습과는 거리가 멀었다.

"어디로 갔담. 길을 잘못 알려 줬는데……. 이거 큰일이로군. 그럼 이만."

혼잣말을 하던 늑대가 중절모 챙을 살짝 들었다가 놓았다. 그러곤 황급히 왔던 길로 되돌아갔다. 긴 꼬리가 땅바닥에 끌렸다.

숲 속으로 늑대가 모습을 감추자 참았던 숨을 길게 내쉬었다. 늑대가 사라진 쪽을 바라보다 고개를 갸웃했다. 빨간 두건을 잡으려고 착한 척 꾸미는 것 같지는 않았다. 늑대의 눈이 그걸 말해 주고 있었다. 눈은 거짓말을 안 하니까.

문득 늑대의 송곳니와 앞발이 떠올랐다. 늑대에 대해 좋은 쪽으로 기울던 생각이 대번에 제자리로 돌아왔다. 늑대가 사라진 반대쪽으로 뛰다시피 걸음을 옮겼다.

얼마나 걸었을까, 큰 떡갈나무 옆을 지나는 참에 무슨 소리를 들은 듯했다. 소리 나는 곳을 찾아 주위를 휘둘러보았다.

"얘야!"

저만치에서 허리가 굽은 노인이 손짓하고 있었다. 지팡이에 의지한 노인은 손을 쳐드는 것도 힘겨운지 온몸을 부들부들 떨었다. 머리카락이 몇 올 남지 않았고, 그마저도 하얗게 세었다. 흰 수염이 가슴까지 자랐다. 손과 팔은 뼈에 가죽을 입혀 놓은 것처럼 깡말랐다. 위에는 누더기를 걸치고 있지만 아래는 아무것도 입지 않았다. 노인이 곧 쓰러질 듯 휘청거렸다. 재빨리 달려가 노인을 부축했다.

"할아버지, 어디가 아프세요?"

"히, 힘……이 어, 없어서…… 거, 걸……지……를 못…… 하겠어."

노인은 짧은 말을 여러 번 나누어서 했다.

"바지는 어쩌셨어요?"

"없……어. 없어."

"없어요? 제가 바지 하나 드릴까요?"

때마침 좋은 생각이 떠올랐다. 아이들이 엠피스리 플레이어랑 같이 사 준 청바지. 어차피 버릴 것이므로 노인에게 줘도 상관없었다. 갈매기가 그려진 청바지를 노인에게 입혔다. 조금 긴 바짓단을 걷었더니 대충 맞았다.

"제가 어떻게 도와 드리면 되죠?"

"어, 업어 줘……. 집이 여……기서 가……까워……."

어른을 업는 게 부담스러웠지만 숨넘어가는 소리를 하는 바람에 덥석 업고 말았다. 그런데 웬걸? 보기와는 달리 굉장히 무거웠다. 지친 데다 노인까지 업고 걷자니 다리가 후들거렸다. 앞으로 멘 가방이 자꾸만 거치적거렸다.

"어디로 가야죠?"

"저쪽으로."

노인이 가리키는 쪽으로 걸었다.

"멀었어요?"

"아직."

숨이 턱에 찼다. 입을 여는 것도 힘겨워 말을 아꼈다.

"멀었어요?"

"아직."

좀 전에도 본 풍경 같아 물었지만 노인의 대답은 같았다. 업히기 전과는 달리 말투가 느긋하고 한가로웠다.

"좀 쉬고 싶은데요."

턱 끝에 맺힌 땀이 뚝뚝 떨어졌다.

"그러렴."

나는 바위 앞에서 멈췄다. 노인은 내릴 생각을 하지 않았다.

"잠깐 내리시면 안 될까요?"

힘도 들고 짜증도 났으나 공손하게 말했다.

"그럴 순 없지."

비웃는 투로 말한 노인이 팔과 다리로 내 몸을 꽉 조였다. 힘이 엄청 셌다. 다 죽어 가던 조금 전과는 딴판이었다.

아차!

나는 정신이 번쩍 들었다.

신드바드가 다섯 번째 항해에서 만난 노인!

하지만 『신드바드의 모험』에서는 노인을 시냇가에서 만나는데⋯⋯. 게다가 그 노인은 신드바드에게 목말을 태워 달라고 하는데⋯⋯. 하긴 책에서 읽은 대로만 사건이 벌어지는 건 아니니까.

"도와 달래서 도와 드렸는데 이러는 법이 어디 있어요?"

내가 볼멘소리로 항의했다.

"넌 이제껏 남한테 몹쓸 짓을 한 번도 하지 않았던?"

노인이 내 귀에 대고 속삭였다.

나는 뜨끔해서 말문이 막혔다. 남을 괴롭혔던 짓들이 끝도 없이 머릿속을 스쳐 갔다.

"왜 대답을 못해?"

노인이 윽박질렀다.

"⋯⋯"

"정말 잘못을 많이 저질렀나 보군."

144

노인이 단정 지어 말했다.

"……."

"거봐라. 난 바르게 산 사람은 괴롭히지 않는단다."

노인이 빈정거렸다.

그 순간만큼은 노인을 업고 있어 눈이 마주치지 않은 게 다행이었다. 분명 흔들렸을 내 눈빛을 노인에게 들키고 싶지 않았다.

"그거 이리 내."

내 가방을 빼앗아 열어 본 노인은 로빈슨 크루소가 준 음식을 다 먹었다.

그 뒤로 줄곧 노인을 업고 다녔다. 먹을 걸 장만하거나 걸을 때는 물론이고 잘 때도 내 등에 떨어지지 않았다. 손발과 몸 전체에 빨판이 달린 것처럼 찰싹 달라붙었다.

조금만 게으름을 부려도 노인은 두 발로 숨이 막힐 만큼 내 몸을 죄었다. 처음엔 정말 죽을 것 같더니 적응이 되니까 그럭저럭 참을 만했다.

정 견디기 어려우면 신드바드처럼 포도주를 조금씩 마셨다. 포도주에 든 알코올 성분이 피로를 잊게 해 주었다. 포도주를 마셔 보니 아빠가 술을 마시고 온 날, 힘들다고 하면서도 다음 날이면 또 술을 마시는 이유를 알 것 같았다.

포도주는 흔했다. 포도가 바위의 오목한 곳에 떨어져 저절로 발효가 되었던 것이다. 나는 노인에게 들키지 않으려고 포도주를 몰래몰래 마셨다.

신드바드는 노인에게 포도주를 먹여 취한 틈을 타 탈출했다. 하지만 책에 나와 있는 그 방법을 내가 먼저 사용해 버리면 신드바드는 탈출할 기회를 영영 잃게 될 터였다. 노인이 한 번 속지, 두 번 속지는 않을 테니까. 그리고 신드바드가 노인에게 포도주를 먹이고 탈출한 뒤라면, 노인은 포도주만 봐도 이를 갈 게 분명했다.

"이놈! 빨리 못 움직여."

"이따위로밖에 못해!"

노인은 성미가 별나고 까다로웠다. 자는 동안 탈출할 기회를 엿봤지만, 잠귀가 밝은 노인은 살짝 부는 바람에도 눈을 떴다.

나는 힘들고 괴로워도 고분고분 말을 들었다. 노인의 경계심을 무너뜨리려면 그래야만 했다.

나는 다니면서 어디에, 무슨 약초가 자라는지 봐 두었다. 풀과 꽃은 어디에나 있었다. 이름이 익숙한 것도 있지만 생전 처음 보는 것도 수두룩했다. 눈에는 익은데 이름은 모르는 것도 많았다. 그중에서 단연 내 눈을 사로잡은 건 연한 자주색 꽃이 피는 독말풀이었다. 할아버지가 평상에서 손질하던 약초.

할아버지가 말했다. 독말풀은 몸을 마비시키는 효능이 있다고. 나는 노인 몰래 독말풀의 잎과 씨를 조금씩 모았다. 그리고 곱게 갈아 넓은 나뭇잎에 잘 두었다. 노인이 눈치채지 않게 하려니 가루를 만드는 일이 더뎠다. 절대로 서두르지 않았다. 독

146

말풀은 사람이 건드리면 고약한 냄새를 풍기는 성질이 있었
다. 그래서 노인을 등에 업은 채로 다루자니 더 조심스러웠다.

이윽고 노인을 마비시킬 만큼 가루가 모였다. 나는 노인이
먹는 과일과 물에 가루를 넣었다.

"이거 맛이 좀 이상한데?"

물을 마시던 노인이 고개를 갸웃했다. 예민하긴!

"전 아무렇지도 않은데요."

나는 대수롭잖게 받아넘기며 과일과 물을 더 맛있게 먹고
마셨다. 쩝쩝 소리까지 내며. 당연히 내 것엔 가루가 들어 있지
않았다.

노인은 그제야 의심을 풀고 식사를 마쳤다.

머지않아 약효가 나타났다.

"왜…… 이러지?"

노인이 혀 꼬인 소리로 말했다. 내 몸을 옥죄던 팔다리에서
도 서서히 힘이 풀렸다. 내 등에 붙어 있으려고 안간힘을 썼지
만 소용없었다. 독말풀 가루가 노인 몸속으로 퍼지면서 몸을
마비시켰던 것이다.

"나에게 무슨 짓을 한 거지?"

땅바닥으로 떨어진 노인이 눈을 무섭게 치떴다. 노인에게서
헤어났는데도 나는 무서워서 안절부절못했다. 노인이 내 발목
을 움켜잡았다. 징그러운 벌레를 털어 내듯 결사적으로 발을
흔들었다. 노인은 끌려오면서도 절대로 손을 풀지 않았다.

"이노옴!"

노인이 혀 짧은 소리로 짐승처럼 울부짖었다. 부릅뜬 눈이 튀어나올 듯했다.

독말풀 가루가 노인을 완전히 마비시킬 만큼 충분하지 않았던 모양이었다. 너무 많으면 죽을지도 모른다는 생각에 양을 줄였더니 문제가 생긴 것이다.

죽을힘을 다해 발을 흔든 끝에 겨우 노인의 손을 떨쳐 냈다. 내 가방을 빼앗아 들고 노인에게서 멀찍이 물러났다. 기어서 나를 쫓아오던 노인이 어느 순간 벌떡 일어나 나를 향해 달려 왔다. 몸이 마비된 사람이라고는 믿기지 않을 만큼 빠른 속력이었다. 비틀걸음을 떼면서도 나를 잡으려는 집념이 대단했다. 허공으로 뻗은 손이 내 목덜미를 낚아챌 것 같아 심장이 얼어붙는 듯했다. 예상 밖의 행동에 당황스러웠다. 너무 무서워서 입도 뻥끗하지 못했다.

뒷걸음치던 나는 돌아서서 냅다 달렸다. 노인을 업고 다니면서 익혀 둔 터라 근처의 지리는 훤했다.

"이노⋯⋯옴. 꼬⋯⋯ 자⋯⋯ 고⋯⋯. 마⋯⋯ 테⋯⋯ 다⋯⋯."

발음이 불분명한 노인의 외침이 숲 속에 울려 퍼졌다.

얼마 달리지 않아 숨이 찼다. 노인에게 시달려 체력이 많이 떨어진 탓이었다. 귀에서 왱왱 소리가 났다. 현기증으로 눈앞이 하얘졌다. 눈에 땀이 들어가 쓰렸다. 노여움에 찬 노인의 외침이 내 뒤를 계속 따라왔다. 방향도, 거리도 짐작이 안 돼 마음만 바빴다.

쉬다 걷다 하던 나는 커다란 바위 밑에서 무릎이 꺾여 주저앉고 말았다. 그래도 가야 했다. 엉금엉금 기다시피 해서 나아가다 입구가 나무와 풀로 교묘하게 가려진 동굴을 발견했다. 나뭇잎과 풀이 무성해서 더욱 감쪽같았다. 잔가지와 풀을 꺾거나 밟지 않게 조심하면서 안으로 들어갔다. 흔적을 남기면 안 되니까.

10

그리 깊지 않은 동굴은 아늑했다. 흙냄새를 맡고 있노라니 차츰 긴장이 풀어졌다. 저주에 찬 노인의 외침은 더 이상 들려오지 않았다. 쿵쾅거리던 심장 박동이 차츰 잦아들었다. 동굴 안의 서늘한 공기가 땀에 젖은 살갗에 닿자 소름이 돋았다. 몸을 웅크렸다.

"이노옴!"

앉아 있던 나는 벌떡 일어났다. 벌렁거리는 가슴을 진정시키며 입구를 바라보았다. 나무와 풀 사이로 비춰 드는 빛 속에 사람의 형체는 없었다. 입구 쪽으로 귀를 기울였다. 인기척도 없었다. 바닥을 더듬어 손아귀에 들어오는 돌을 움켜쥐었다. 여차하면 던질 태세로 입구 쪽을 노려보았지만 아무 일도 일

어나지 않았다. 환청이었다. 놀란 가슴을 쓸어내리며 편안한
자세로 누웠다.

등을 대고 누워 보는 게 얼마 만인가!

모처럼 맛보는 달콤한 휴식이었다. 어두워질 때까지 기다리
기로 했다. 그동안의 피로가 풀리며 잠이 몰려왔다. 나는 그대
로 곯아떨어졌다.

눈을 떴다. 머리가 무겁고 띵했다. 여기가 어디지? 참, 동굴
에서 잠이 들었지. 일어나려는데 몸이 말을 듣지 않았다. 왜 이
러지? 열이 있는지 손으로 이마를 만지려고 했지만 역시 뜻대
로 되지 않았다. 몸이 둔했다. 이리저리 몸을 뒤척여 보았지만
움직일 수 없었다. 내 몸이 아닌 것 같았다. 무슨 일이 일어난
거지? 뻣뻣한 목을 겨우 움직여 눈을 내리깐 나는 깜짝 놀랐다.

내 몸이 바퀴벌레처럼 딱딱하고 윤기 나는 껍데기로 뒤덮여
있었다. 이건 또 어찌된 거지? 나는 침대에 누워 있었다. 침대
바깥으로 늘어진 내 몸 아랫부분은 보이지 않았다. 양쪽으로
난 여러 쌍의 다리가 제각기 움직였다. 흉측하고 끔찍한 모습
이었다. 이게 꿈인가 싶어 벽에 걸린 거울을 보았다. 거울 속에
도 시커멓고 번들거리는 벌레 한 마리가 꿈틀거렸다. 머리에
는 두 쌍의 더듬이가 솟았다. 집게처럼 생긴 입에선 연신 끈끈
한 액체가 흘렀다.

"쉬익! 쉬익!"

엄마를 불렀지만 내 입에서는 바람 새는 소리만 흘러나왔

다. 그때 엄마가 방으로 들어왔다.

"담아! 일어나. 지각하겠다."

엄마가 방문 앞에 벗어 놓은 내 티셔츠를 주워 들며 말했다.

"옷 벗으면 빨래 바구니에 넣으……."

나를 본 엄마의 눈과 입이 커지더니 뒷걸음질 쳤다. 내 티셔츠를 든 엄마 손이 부들부들 떨렸다.

"쉬익! 쉬익!"

나는 반가워서 엄마를 불렀다.

"꺄악!"

엄마의 비명 소리가 집안을 뒤흔들었다. 아빠가 허겁지겁 달려왔다. 뒤미처 예지도 왔다.

"무슨 일인데 이리 호들갑……, 헉!"

아빠가 목구멍이 막힌 소리를 냈다. 예지도 눈을 가리며 새된 소리를 질렀다. 나는 열심히 가족들을 불렀다. 그렇지만 내 입에서는 사람이 알아듣지 못하는 소리만 새어 나왔다.

"담이는 어디 가고, 저게 침대에 있지?"

한동안 말을 잃었던 아빠가 겨우 입을 열었다.

"몰라. 담일 깨우러 들어왔더니……."

두 손으로 얼굴을 가린 엄마가 울먹였다.

"이럴 게 아니라 어찌된 건지 차근차근 생각해 보자구. 뭐부터 해야지? 그래, 예지 넌 학교 가고. 당신은 담이 학교에 전화하고. 아니, 실종 신고부터 해야 하나. 설마 저 징그러운 게 우

152

리 담일 잡아먹은 건 아니겠지? 가만, 그러고 보니 이 상황이 카프카의『변신』과 비슷하지 않아? 어이구, 머리야."

갈피를 잡지 못하고 말하던 아빠가 양손으로 관자놀이를 눌렀다.

나는 아빠 말이 맞는다고 머리를 주억거렸다. 하지만 마음 뿐이었다. 목이 없는 탓에 머리가 자유롭게 움직이지 않았던 것이다.

"저, 정말 그러네."

침대로 다가온 엄마가 엉덩이를 뒤로 뺀 채 나를 요모조모 뜯어보았다. 나는 엄마에게 다가가려고 버둥거렸다. 놀란 엄마가 얼른 뒤로 물러나다 예지와 부딪쳤다. 예지가 덩달아 놀랐다.

"너 아직도 학교 안 갔어? 어서 가. 늦겠다."

엄마가 예지를 나무랐다.

"조금만 더 있다 가면 안 돼요?"

"얼른 가!"

입이 이만큼 나온 예지는 느릿느릿 방을 나갔다. 좋은 구경 거리를 놓친 아쉬움이 얼굴에 그대로 씌어 있었다. 나쁜 계집 애. 두고 보자.

"예지야, 네 오빠 이렇게 됐다는 거 아무한테도 말하면 안 된다."

엄마가 말했다. 알겠다는 예지의 대답이 현관문 닫히는 소리에 묻혔다.

"네가 담이면 왼쪽 눈을 깜박여 봐."

침대 주변을 정신 사납게 왔다 갔다 하던 엄마가 말했다.

"잘 봐. 이 벌레는 눈꺼풀이 없어. 그런데 어떻게 눈을 깜박여."

"그러네. 그럼 왼쪽 발을 움직여 봐."

아빠의 핀잔에 엄마가 말을 바꿨다.

나는 왼발을 움직였다.

"어? 왼발을 움직이네. 그렇담…… 어이구, 담이야! 이게 웬일이냐."

혹시나 했던 엄마가 방바닥에 털썩 주저앉아 울음을 터뜨렸다. 코끝이 찡해진 나는 엄마를 불렀다. 여전히 입에선 쉬익, 쉬익 하는 괴상한 소리만 새어 나왔다.

"여보, 진정해. 이럴 때일수록 마음을 굳게 먹어야 해."

엄마를 다독이던 아빠가 일어나 회사에 휴대전화를 걸어 좀 늦겠다고 말했다. 안경을 고쳐 쓴 아빠가 측은한 눈길로 나를 구석구석 뜯어보았다.

"쉬익!"

아빠를 불렀는데, 엄마를 부를 때와 같은 소리가 새어 나왔다.

"네가 우리 담이라면 오른발을 다시 움직여 봐."

나는 시키는 대로 했다.

"음, 틀림없군."

체념 섞인 신음을 흘린 아빠가 엄마에게 고개를 돌렸다.

"여보, 일단 회사 가서 급한 일 처리하고 나서 휴가 받아 올 테니까 잘 돌보고 있어. 어서 담임선생님께 삼사일 가족 여행 간다고 전화 드려. 혹시 모르니까 여행이 길어지면 다시 연락 드린다고도 하고."

엄마가 아빠를 배웅했다. 담임에게 전화한 엄마가 내 방으로 왔다. 의자에 앉은 엄마는 손바닥으로 눈물을 찍어 내며 나를 바라보았다. 어찌해야 좋을지 모르겠다는 얼굴이었다.

"이러고 있을 게 아니지."

이윽고 정신을 차린 엄마가 혼잣말을 했다.

엄마가 물에 밥을 말아 왔다. 숟가락으로 밥을 떠 내 입에 넣어 주었다. 반은 흘리고 반은 먹었다. 엄마는 내 입가를 닦아 준 수건으로 눈가를 훔쳤다. 나는 울지 말라는 뜻으로 머리를 엄마에게 비볐다. 엄마는 흉측한 모습에도 아랑곳 않고 내 몸을 토닥였다.

"그래, 힘들어도 조금만 참아. 원인이 있을 거야. 사람이 벌레로 변했다면, 벌레를 다시 사람으로 변하게 하는 방법도 분명 있을 테니까."

나에게 밥을 먹이는 중간 중간 엄마는 다짐하듯 말했다.

비록 눈두덩은 통통 부었지만 많이 차분해진 얼굴이었다. 처음엔 못 믿겠더니 현실을 인정하고 나자, 해결책을 찾아야겠다는 생각이 든 모양이었다.

　엄마는 설거지를 하지 않았다. 아침이면 하는 집 안 청소도 하지 않았다. 요가 학원에 갈 시간이지만 바로 컴퓨터 앞에 앉았다.

　자판 두드리는 소리가 요란했다. 프린터로 출력하기도 하고 종이에다 뭔가를 적기도 했다. 나는 심심했다. 나는 침대를 내려가 문턱을 넘었다. 거실 바닥이 미끄러워 몇 번이나 미끄러졌다. 더듬이로 엄마 다리를 간질였다.

　"어머나!"

　놀라서 두 발을 쳐들었던 엄마가 나인 걸 알고는 웃었다.

　"놀랐잖아."

　내 등허리를 한 번 쓸어 준 엄마가 다시 모니터를 들여다보았다. 엄마는 화장실도 가지 않고 컴퓨터와 씨름했다.

　초인종 소리가 났다. 엄마는 대꾸하지 않았다. 초인종이 끈질기게 울렸다.

　"누구세요?"

　엄마가 짜증난 목소리로 물으며 비디오폰을 들여다보았다.

　"소독 왔는데요."

　"지금 소독할 형편이 안 돼서요. 나중에 오세요."

　"그럼 오후에 올까요?"

　"그러세요."

　건성으로 대답한 엄마는 시간이 아깝다는 듯 종종걸음을 쳐

156

모니터 앞으로 돌아왔다.

아빠가 열쇠로 현관문을 열고 들어왔다. 엄마는 아빠가 들어오는지도 모르고 검색에 열중했다. 아빠는 양손에 든 책 꾸러미 두 개를 들여놓았다. 발로 현관문을 받친 채 다시 책 세 꾸러미를 더 들여놓았다.

"왔어? 휴가는?"

인기척에 돌아본 엄마가 물었다.

"받았어."

"이 녀석, 돌아다니네."

쪼그리고 앉아 바라보기만 하던 아빠가 나를 손가락 끝으로만 만졌다. 곧 위험하지 않다는 걸 알고 손바닥으로 몸 전체를 쓸어 주었다. 심심하던 참이라 나는 한껏 기분이 좋아져 콧노래를 불렀다. 그래 봤자 괴상한 소리에 불과했지만.

"쓸 만한 정보 있어?"

아빠가 내 입 아래를 쓰다듬으며 물었다. 나는 강아지가 아닌데, 라고 생각했지만 그래도 기분은 좋았다.

"없어."

모니터에서 눈을 떼지 않은 엄마가 한숨을 섞어 대꾸했다.

"당신은 인터넷 검색을 계속해. 난 책을 찾아볼 테니까."

아빠가 안방에서 편안한 옷으로 갈아입고 나왔다. 책을 거실에 펼쳐 놓으니 발 디딜 틈이 없었다. 소파에 앉아 탁자에 발을 올리고 책을 읽던 아빠는 자주 하품을 했다. 그럴 때마다 커

피를 마셨다. 그럴 만도 했다. 아빠는 평소 책과는 담을 쌓고 살았으니까.

책 종류는 무척 다양했다. 인류의 진화에 관한 생물학 책부터 외계인을 만난 체험을 다룬 책까지. 또 수학 책에서부터 사회학 책까지. 사회학 책은 그렇다 쳐도 수학 책은 왜 사 왔담? 무슨 책을 골라야 할지 몰라 손에 잡히는 대로 사 온 것 같았다. 시간이 아까워 점심을 중화요리 집에서 시켜 먹었다. 물론 배달원이 왔을 때는 나를 방에 숨겼다.

학교에서 돌아온 예지는 호기심 어린 눈빛으로 내 주위를 빙빙 돌았다. 가까이 오지는 못하고 강아지를 어르듯 손만 내밀었다. 내가 다가가려 하면 기겁하고 제 방으로 도망갔다. 그랬다가 조금 지나면 방문을 살짝 열고 거실을 내다보았다.

잠깐 쉬면서 커피를 마시던 엄마가 예지가 하는 행동을 지켜보더니 예지를 불렀다.

"이렇게 해 봐."

엄마가 곁에 온 예지 손을 잡아 내 등을 쓸게 했다.

"징그러워……."

이맛살을 찌푸린 예지가 만지지 않으려고 뻗댔다.

"오빠잖아. 무섭긴 뭐가 무서워. 징그럽지도 않아. 매미 만지는 거나 똑같아."

엄마가 부드럽게 타일렀다. 그제야 예지가 손에서 힘을 풀었다. 엄마 손에 이끌린 예지의 손이 내 등허리를 스쳐 갔다.

한 번 만지자 익숙해진 예지는 제 스스로 나를 만졌다.

예지가 테니스공을 가져와 나에게 굴렸다. 내가 몸으로 테니스공을 받아 예지에게 굴려 보냈다. 연속 동작이 되지 않아 행동이 굼떴지만, 그래도 재미있었다. 예지는 내 행동이 신기한 듯 까르륵 웃어 댔다.

한참 놀고 있는데 초인종이 울렸다.

"소독하러 왔다는데, 다음에 오라고 할까?"

비디오 폰의 송화구를 막은 아빠가 엄마에게 물었다.

"오전에 왔기에 오후에 오라고 했거든. 방법이 없네. 담이 제 방으로 옮겨야겠네."

입술을 잘근잘근 씹으며 잠시 고민하던 엄마가 말했다.

"잠깐만 기다리세요."

아빠가 비디오 폰에 대고 말했다.

가족들이 일사불란하게 움직였다. 아빠가 나를 조심스럽게 안아 내 방으로 옮겼다.

집 안을 대충 정리하고 현관문을 열었다.

간단한 인사가 오가고 분무기로 소독약을 뿜어 대는 소리가 들렸다.

"이 방은요?"

"아니요. 괜찮아요."

내 방문 앞에서 당황한 엄마 목소리가 들렸다.

"한 군데라도 빠트리면 효과가 없는데요."

"편찮은 분이 계셔서요."

엄마가 천연덕스럽게 둘러댔다.

"그렇군요. 그럼 약을 몇 개 드릴 테니까 바퀴벌레 다닐 만한 곳에 놔두세요. 여기에 사인해 주시겠어요?"

그렇게 소독하러 온 사람들을 완벽하게 속이는가 싶었다. 그런데 그때 내 방문이 소리도 없이 열렸다. 아빠가 서두르느라 방문을 꼭 닫지 못한 것이다.

소리로만 들리던 거실 광경이 내 눈에 들어왔다. 엄마가 내 방을 등지고 섰고, 서류철을 내민 사람이 엄마 앞에 섰다. 소독약통을 든 사람이 그 옆에서 휘둥그레진 눈으로 나를 보았다.

"어? 저게 뭐야. 벌레 아냐?"

소독 약통을 든 사람은 직업의식이 투철했다. 나를 보자마자 내 방으로 뛰어 들어왔다. 그 사람이 분무기로 독한 액체를 내 몸에 뿌렸다. 숨이 막히고 정신이 아찔했다. 나는 고통을 참지 못해 소리를 지르며 꿈틀댔다.

"이러지 마세요. 우리 아들이에요."

서류철을 내팽개친 엄마가 소독 약통을 든 사람을 말렸다.

"보세요. 벌레라구요. 그것도 아주 큰."

"제발 이러지 말라구요. 여보!"

소독 약통을 든 사람이 엄마 말을 들은 척도 않자 엄마는 아빠에게 도움을 청했다.

아빠가 달려왔지만 한 발 늦었다. 내가 너무 커서 소독약으로는 어림없다고 판단한 소독 약통을 든 사람이 분무기로 나를 네 번이나 후려친 것이다. 쇠로 된 분무기는 아주 딱딱했다. 내 등에서 감자 칩 바스러지는 소리가 났다.

"쉬이익! 쉬익! 쉬익!"

나는 등이 끊어지는 것 같은 아픔에 몸을 이리저리 비틀었다. 아빠가 분무기를 빼앗으려고 소독 약통을 든 사람과 몸싸움을 벌였다. 엄마도 두 손으로 소독 약통을 든 사람의 머리카락을 움켜잡았다. 어느새 달려온 예지도 소독 약통을 든 사람의 허벅지를 물고 늘어졌다. 서류철을 든 사람이 우리 가족을 말리느라 애를 먹었다.

숨이 턱턱 막히는 고통 속에서 나는 서서히 정신을 잃었다.

"이제 그만 일어나."

눈을 떴다. 청설모가 나를 굽어보고 있었다. 일어나려는데 몸이 말을 듣지 않았다. 내 몸이 압박 붕대에 친친 감긴 것처럼 갑갑하고 불편했다.

"뒤로 돌아봐."

청설모가 도와줘 둔한 몸을 뒤집었다. 청설모가 등 쪽에 달린 지퍼를 열었다. 비로소 몸이 자유로워졌다. 목을 좌우로 꺾고, 양 어깨를 번갈아 돌려 굳은 몸을 풀었다. 내가 나온 곳은 사람이 입는 벌레 모양 옷이었다. 겉이 두꺼운 검정색 비닐 재질로 된 옷은 개업식이나 행사장에서 보던 귀엽고 깜찍한 캐릭터 모습과는 거리가 멀었다.

"무사히 돌아온 걸 환영한다."

지시봉을 겨드랑이에 낀 청설모가 투덕투덕 박수를 쳤다. 모자를 깊숙이 눌러쓰고 있어 여전히 표정은 읽을 수 없었다. 나는 얼떨결에 꾸벅 고개를 숙였다.

"그래, 어땠나?"

상냥했지만 어디까지나 교관이 훈련생에게 하는 말투였다.

"그냥……."

뭐라고 대답해야 할지 몰라 어물거리다 괜히 콧등을 쓱 훔쳤다. 힘들었다고 투정하면 뭐하겠는가. 고생시키려고 작정하고 데려왔는데.

벽지 무늬와 책상이 눈에 익었다. 책장에 꽂힌 책들도 늘 보던 것이었다. 내 방이었다. 조금 전까지 소독 약통을 든 사람과 싸우던 우리 가족은 없었다.

"엄마!"

나는 거실에 대고 소리쳤다.

"여긴 네 집이 아냐."

청설모가 타이르듯 말했다.

"그럼요?"

분명히 우리 집인데, 아니라니?

"가자구."

내 말을 무시한 청설모가 방문을 열었다. 거실은 어두웠다. 다들 잠든 밤인가?

나는 방을 나섰다. 그런데 당연히 거실이어야 할 곳에 거대한 원통 안이 펼쳐져 있었다. 내가 나온 곳은 수많은 문 가운데 하나였다. 그 문이 내가 들어갔던 문인지는 확인할 길이 없었다.

청설모가 올 때처럼 앞장섰다. 묻고 싶은 게 많아 입이 간질간질했지만 근무 수칙을 들이대며 대답을 피할 게 뻔했으므로 참았다. 계단을 내려가는 청설모와 좀 떨어져서 걸었다. 아무 것도 모르고 따라올 때보다는 여유가 생겼다. 길에 특징이 없어, 거기가 거기 같은데 청설모는 망설임 없이 나아갔다.

여전히 많은 사람들이 오갔다. 혹시 명준이를 만날까 싶어 사람들을 눈여겨보았다. 명준이는 없었다. 만나서 딱히 어떻게 하겠다는 작정은 없었지만, 못 만나니까 아쉽고 서운했다.

한참을 걸은 청설모가 어느 문 앞에 섰다.

"들어가자."

"문이 한두 개도 아니고 똑같이 생겼는데 어떻게 찾지요? 무슨 비법이 있나요?"

나는 궁금증을 참지 못하고 기어이 묻고 말았다.

문에 아파트처럼 숫자가 쓰여 있지도 않았다. 이정표도 없었다. 아무리 살펴봐도 특별한 표시 같은 건 없었다.

"네 눈엔 이 문들이 전부 똑같아 보이나?"

청설모가 콧방귀를 꼈다.

"예."

"그럴 수도 있지. 그러나 이 세상에 똑같은 건 없다. 똑같아 보여도 조금씩 다르지."

나는 청설모가 대답했다는 걸 뒤늦게 알아챘다. 이때다 싶어 내내 궁금하던 걸 슬쩍 물었다.

"이 문들은 다 어디로 연결돼 있나요?

"근무 수칙 제5조 제12항에 따라 질문은 받지 않겠다."

청설모의 말투는 차갑고 딱딱했다. 질문에 답변을 한 자신의 실수를 깨달은 모양이었다.

"가만……, 전엔 제8조 제12항이라고 하지 않았나요?"

"그건 중요하지 않다. 중요한 건 넌 질문을 할 수 없다는 거다!"

청설모가 심한 모욕을 당한 것처럼 벌컥 화를 냈다. 나는 찔끔해서 목이 움츠러들었다. 별것도 아닌 일에 날카롭게 반응하는 모습에 더 의심이 들었다. 그렇지만 내 기억이 확실하지 않아 청설모 눈치만 봤다. 청설모 심기를 거슬러 봤자 좋을 게 없었다. 청설모 마음이 바뀌어 돌아가자고 하면 큰일이니까.

잠시 침묵이 흘렀다. 청설모가 주먹을 입에 대고 큼큼 헛기침을 했다. 어색한 분위기를 깨려는 행동이라는 게 느껴졌다. 해 놓고 보니까 지나쳤다는 생각이 들었나?

"잘 기억해 둬. 여기서 네가 겪은 일들을."

말을 잇는 청설모의 목소리는 어느새 평소대로 돌아와 있었다.

"예."

어째서 기억해야 하는지에 대한 설명이 없었다. 하지만 잊으라고 강요해도 결코 잊을 수 없는 경험이었다.

"이제부터 다시 시작하는 거다. 들어가."

"안녕히 계세요."

문손잡이를 잡은 나는 고개를 돌려 말했다.

"잘 가."

청설모가 부드럽게 말했다. 입꼬리에 웃음을 매달았을 것 같은 말투였다. 꾸벅 인사를 한 나는 문을 열었다.

엄청나게 밝은 빛이 내 몸을 감쌌다. 고개를 돌리며 손등으로 눈을 가렸다.

11

"담아! 담아!"

아련하게 들리던 소리가 점점 가까워졌다. 누군가가 내 손을 힘주어 잡았다. 눈을 가늘게 떴다. 형광등 빛에 눈이 부셨다. 눈을 감았다 뜨기를 반복했다. 흐릿하던 눈앞이 차츰 밝아졌다. 할아버지 댁이 아니었다. 천장과 벽이 하얬다. 고개를 돌렸다. 내 손을 꼭 쥔 엄마가 걱정스런 얼굴로 나를 내려다보았다.

"괜찮니?"

엄마가 꽉 잠긴 목소리로 물으며 잡은 손에 힘을 주었다.

나는 고개를 끄덕였다. 엄마 옆에 예지가 있었다. 예지 뒤로 할아버지와 아빠가 보였다. 침대에 누운 내 오른쪽 팔뚝에 링거가 꽂혀 있었다.

뱀에게 물린 왼쪽 발 감각이 둔했다. 모래주머니라도 매단 듯 무거웠다. 고개를 살짝 들고 아래를 보았다. 뱀에 물린 자리를 거즈로 덮어 반창고로 고정해 놓았다.

"정신이 안 돌아와서 얼마나 걱정했다구."

쓰고 버린 티슈처럼 구겨졌던 엄마의 얼굴이 활짝 펴졌다.

나는 걱정하지 말라는 뜻으로 웃었다. 그런데 얼굴이 퉁퉁 부은 느낌이어서 내 뜻대로 되었는지는 알 수 없었다. 머릿속에도 미적지근한 공기가 가득 차서 생각을 방해하는 것 같았다. 목구멍도 뻑뻑했다. 물을 달라고 하려는데 입이 안 벌어졌다. 바짝 마른 입술 위아래가 들러붙었다. 침을 발라 입술을 떨어지게 했다.

"물……."

아빠가 잔에 따라온 물을 엄마가 먹여 주었다. 가뭄 때의 논바닥처럼 쩍쩍 갈라져 있던 내 몸으로 물이 스며들었다. 물을 한 잔 더 달래서 마셨다. 머리가 조금 맑아졌다. 기분도 한결 나아졌다. 얼마나 이러고 있었던 걸까?

"엄마, 오늘이 며칠이에요?"

"19일."

뭐야, 하루도 안 지났단 말이야?

"몇 시예요?"

"오후 3시."

에계, 고작 몇 시간이 흘렀을 뿐이야? 그 짧은 시간 동안 동화 속 인물들을 만나 온갖 사건을 겪었다고? 도저히 믿어지지가 않았다.

꿈이라고 하기엔 너무 생생했다. 정말 그 일들을 겪은 것처럼 온몸이 어디랄 것 없이 다 아팠다. 링거 바늘을 꽂지 않은 손으로 어깨를 두드렸다. 주먹 쥔 손바닥이 아렸다. 두 손을 펼쳤다. 손바닥 전체가 벌겠다. 뭐야? 이건…… 다솜이 머리칼을 타고 도망칠 때 생긴 자국? 아빠가 두 손으로 내 손을 감싸는 바람에 생각은 거기서 멈췄다.

"정신이 좀 드니?"

"예."

"그래, 힘들 테니 말 많이 하지 마라."

아빠가 내 손등을 토닥였다. 이럴 땐 괜찮다거나 아무렇지도 않다고 말해야 한다는 것쯤은 나도 안다. 그런데 입이 안 떨어졌다. 지난번 일로 아직 앙금이 가시지 않았다. 아빠는 내 소식을 듣고 놀라 먼 길을 단숨에 달려왔을 것이다. 잘못은 나에게 있지 않느냐고, 옹졸하게 이러면 안 된다고 스스로 타일렀지만, 그러면 그럴수록 입은 조개처럼 더욱 굳게 다물어졌다.

병실 안에 무겁고 어색한 침묵이 흘렀다. 예지가 혀짜래기 소리를 하며 침묵을 깼다.

"오빠, 이제 안 아파?"

나는 조용히 웃어 주었다. 눈치가 없는 예지도 이럴 때는 꽤 쓸모가 있었다. 평소엔 한 마디도 지지 않으려고 대들던 예지가 어리광을 부리니까 좀 낯설었다.

"괜찮니?"

이번엔 할아버지가 물었다.

"할아버지……."

"이 녀석아. 십년감수했다. 그래, 푹 쉬어라."

어둡던 할아버지 얼굴에 안도의 빛이 감돌았다.

그 말이 무슨 주문이라도 되는 듯 졸음이 몰려왔다. 가족들의 얼굴이 가물가물 멀어졌다. 이마로 흘러내린 머리카락을 쓸어 올리는 엄마의 손길이 느껴졌다.

"할아버지 말씀대로 더 쉬렴."

엄마의 목소리를 들으며 다시 잠 속으로 빠져들었다.

병원에서 하루를 더 있었다. 아빠와 예지는 회사와 학교 때문에 먼저 집으로 돌아갔다.

지프형 택시를 불렀다. 차가 몹시 흔들렸다. 어떨 때는 머리가 천장에 닿기도 했다. 머리가 어지러웠다. 몸이 완전히 회복되지 않은 탓인지 진땀이 솟았다. 도착할 때까지 엄마는 나를 꼭 안고 있었다. 차가 다닐 수 있는 곳까지 타고 와서 나머지는 할아버지가 나를 업었다. 엄마가 차려 준 저녁을 먹고 또 잠이 들었다.

여러 번 잠을 깼다. 정신이 흐릿해서 꿈인지 현실인지 분간이 안 되었다. 바깥에선 아무 소리도 들려오지 않았다. 더웠다. 뒤척이다 또 잠이 들었다.

새소리가 귀를 간질였다. 창문이 어슴푸레했다. 오래 누워 있어선지 허리가 아팠다. 땀에 젖은 몸이 끈적거렸다.

엄마는 방바닥에 깔아 둔 요 위에 잠들어 있었다. 새우처럼 몸을 만 엄마는 추운지 팔짱을 꼈다. 이불로 쓰는 삼베 조각을 덮어 주었다. 깊이 잠들어 내가 일어난 줄도 몰랐다. 엄마가 크게 한숨을 쉬며 돌아누웠다. 그 바람에 삼베 조각이 흘러내렸다. 나는 다시 덮어 주었다.

책상 위의 동화책들이 눈에 들어왔다. 내가 읽으면서 쌓아 둔 그대로였다. 맨 위에 있는 『신드바드의 모험』을 집어 표지를 보았다. 별다른 점은 없었다. 그냥 평범한 동화책이었다. 퍼뜩 노인에게 준 청바지와 고양이에게 준 엠피스리 플레이어가 떠올랐다.

아무 생각 없이 방바닥으로 내려서다가 침대에 털썩 앉았다. 뱀에게 물린 다리가 불편했다. 발엔 여전히 거즈가 붙어 있었다. 시험 삼아 조심스레 몇 발짝 걸어 보았다. 걸을 만했다.

가방 속에 든 것들을 모조리 꺼내고 바닥까지 뒤졌다.

없었다.

다른 건 그대로인데 청바지와 엠피스리 플레이어만 없었다. 강한 전류 같은 게 내 몸을 꿰뚫고 지나갔다. 깨끗하던 가방도 여기저기에 얼룩이 지고 풀물이 들어 지저분했다.

"엄마."

곤히 잠든 엄마는 대답이 없었다. 엄마 팔을 살짝 흔들었다.

미안했지만 다른 방법이 없었다. 잠결에 응, 응 하던 엄마가 벌떡 일어났다.

"일어났니? 몸은 괜찮아?

잠에 취한 엄마가 부스스한 머리칼을 매만졌다. 잠이 부족한 탓인지 눈두덩이 부었다. 눈 아래에 깨를 흩뿌려 놓은 것처럼 기미도 부쩍 늘었다.

"예. 괜찮아요. 제 가방에 있던 엠피스리랑 청바지 못 봤어요?"

"손 안 댔어. 가방 열어 볼 경황이 어디 있었다고. 몸은 괜찮아?"

눈을 반쯤만 뜬 엄마는 잠이 덜 깼는지 좀 전에 물은 걸 또 물었다.

"예."

나는 몸을 일으켰다. 어디다 흘렸나? 오히려 잘됐다. 힘들이지 않고 없앴으니까.

"어딜 가려고? 아직 걸으면 안 될 텐데?"

"괜찮아요. 밖에 할아버지 계시잖아요. 엄만 더 주무세요."

할아버지는 오후 9시쯤 잠자리에 들었다 새벽 3시쯤 일어나 하루를 시작했다. 지금쯤이면 한창 일할 시간이었다.

"이리 와 봐, 우리 아들."

엄마가 나를 향해 손을 벌렸다. 잠시 쭈뼛거리다 엄마 품에 안겼다. 엄마가 내 뺨에 쪽 소리 나게 입을 맞추고 나서 등을 토닥거렸다. 나는 인상을 쓰며 엄마가 눈치채지 않게 손등으로 뺨을 닦아 냈다. 어색해서 엉덩이를 뒤로 뺐더니 엄마가 내 등에 두른 팔에 힘을 주어 잡아당겼다.

"다 키운 아들 잃어버리는 줄 알고 얼마나 가슴 졸였다구."

엄마가 큰 시름을 덜었을 때처럼 크게 숨을 내쉬었다. 너무 세게 안아 갑갑했다. 금방 빠져나오면 섭섭해할까 봐 좀 참았다가 엄마 품에서 벗어났다.

"나갔다 올게요."

"그래, 엄만 조금 더 자고 일어날게."

엄마는 요 위에 그대로 쓰러졌다.

나는 가방에서 셔츠를 꺼내 입었다.

문손잡이를 잡고 심호흡을 했다. 꿈속에서 내 방문을 열었을 때, 우리 집 거실이 아니라 원통 안의 공간이 펼쳐졌던 게 생각났던 것이다. 한쪽 눈이 내다볼 수 있을 만큼만 방문을 열었다. 할아버지 댁 거실이었다. 허탈했다. 한편으론 마음이 놓이기도 했다.

싱그러운 풀 냄새가 실린 공기가 서늘하면서도 상쾌했다. 두 팔을 크게 벌리고 실컷 들이켰다. 내 안에 고여 있던 퀴퀴하고 나쁜 공기가 빠져나가는 것 같았다. 머리도 한층 맑아졌다.

약간 비탈진 곳에 있는 풀숲이 눈에 들어왔다. 내가 뱀에게 물린 곳이었다. 물린 자리에서 찌르르한 통증이 일었다. 풀잎에 맺힌 이슬이 거즈에 닿지 않게 조심하면서 그곳으로 갔다.

내가 버렸던 나뭇가지를 주워 드는데 풀포기들이 움직였다. 소스라치게 놀란 나는 뒤로 물러나며 나뭇가지를 단단히 움켜쥐었다. 풀숲에서 나온 청설모 한 마리가 눈 깜짝할 사이에 소나무 위로 올라갔다. 굵은 가지에 올라선 청설모가 내 눈을 뚫어져라 쳐다보았다. 나도 지지 않고 마주 보았다. 이전에는 몰랐는데 눈동자가 아주 새까맸다. 무얼 먹는지 입을 계속 오물거렸다. 고개를 한껏 젖힌 나는 청설모의 생김새를 유심히 살폈다.

"절 아시나요?"

나는 혹시나 해서 말을 붙였다. 청설모는 고개를 갸웃거리며 나를 굽어보기만 했다.

"저를 동화 속으로 데려간 청설모 아니신가요? 모자 쓰고 지시봉을 들었던?"

내 말이 끝나기도 전에 소나무를 내려온 청설모는 숲 속으로 자취를 감추었다. 나는 허전한 마음에 청설모가 사라진 쪽을 멍하니 바라보았다.

"일어났느냐?"

"예."

언제 왔는지 할아버지가 내 뒤에 있었다. 나뭇가지를 버린 나는 손에 묻은 이슬을 바지에 문질렀다.

"괜찮으냐?"

"예."

"어디……."

할아버지가 눈꺼풀을 들추고 내 눈을 들여다보았다. 할아버지 손에서 희미하게 약초 향기가 났다.

"많이 좋아졌구나."

검지와 중지로 내 맥을 짚어 본 할아버지가 나를 안았다.

"많이 놀랐지?"

"아니에요."

"뱀은 네게 원한이 있어 문 게 아니다. 저곳은 널 문 뱀이 늘 지나다니던 길이었을 테고, 네가 운 나쁘게 거기 있었던 것뿐이다. 뱀의 잘못도, 네 잘못도 아니다. 이젠 괜찮다."

내 등을 천천히 쓸어내리던 할아버지가 다시 말했다.

"소독하러 가자."

쪼그려 앉은 할아버지가 등을 내밀었다.

"저 혼자서 갈 수 있어요."

나는 뒤로 물러섰다.

"이 할아비도 손자 한번 업어 보자꾸나. 어서."

병원에서 올 때도 업지 않았느냐고 말하는 건 지금 상황에 어울리지 않았다. 할아버지의 마음을 알 것 같아 마지못해 업혔다. 내가 무겁지도 않은지 할아버지는 성큼성큼 걸음을 떼었다.

나를 거실에 내려놓은 할아버지가 솜에 묻힌 약초 물로 상처를 소독했다. 조그만 유리병에 든 약초 물은 탁한 녹색이었다.

174

독사에게 물린 왼쪽 발은 아직도 붓기가 덜 빠졌다. 또렷한 두 개의 잇자국은 피가 엉긴 채 약간 부어 있고, 그 주위는 짙은 자주색으로 변했다. 막자사발에 으깬 약초를 상처에 댄 다음 거즈를 붙였다.

"얼마나 지나야 다 나을까요?"

"며칠 있으면 완치될 게다. 그나마 독이 강하지 않은 여름철이어서 다행이다. 어찌나 놀랐는지 아직도 가슴이 뛴다."

"죄송해요."

나는 겸연쩍게 웃었다.

그때 엄마가 흐트러진 머리를 정리하면서 방에서 나왔다. 뒷머리를 모아 입에 물었던 고무줄로 묶은 엄마가 말했다.

"안녕히 주무셨어요."

"그래. 더 자지 그러느냐. 힘들 텐데."

할아버지가 막자사발을 한쪽으로 치우며 말했다.

"아녜요. 푹 자서 개운한걸요."

"엄마, 샤워 좀 해야겠어요."

내가 끼어들었다.

"우선 물수건으로 대충 닦고 샤워는 나중에 하지 그러니?"

"온몸이 끈적거려 죽겠어요."

"꼭 해야겠어?"

대답 대신 엄지와 검지로 셔츠를 집어 냄새 맡는 시늉을 한 나는 코에 대고 손 부채질을 했다.

"하긴 날이 더워서……. 상처에 물이 닿으면 덧나지 않을까요?"

엄마가 할아버지를 보았다.

"물이 닿으면 좋지 않을 테니 등목만 하면 어떻겠냐?"

할아버지가 나에게 물었다.

상처가 덧난다는 말에 더럭 겁이 났다.

"그러자. 다리는 물수건으로 닦지 뭐."

엄마가 거들었다.

할아버지와 엄마의 제안을 마다할 수가 없었다. 다리에 물을 묻히지 않고 샤워하는 건 불가능하니까.

욕실 바닥을 짚고 엎드렸다. 왼쪽 다리는 물에 젖지 않게 하려고 좌변기 위에 올렸다. 엄마와 공중목욕탕에 간 것도, 집에서 씻을 때 엄마에게 몸을 내맡긴 것도 아주 오래돼 기억이 가물가물했다.

"너, 등이 왜 이래?"

등에 비누칠을 하려던 엄마가 목소리를 높였다.

"어떤데요?"

나는 뒤로 고개를 돌렸다. 등이 보일 리 없었다.

"기다랗고 가는 걸로 맞은 거 같네, 여기. 아빠한테 맞은 건 다 나았잖아."

엄마가 등 중간쯤을 짚었다. 일어나서 욕실 거울에 비춰 보았다.

나는 헉 숨을 들이쉬었다. 기다랗게 부푼 붉은 자국이 또렷했다. 네 줄이었다. 살짝 만졌더니 따갑고 쓰라렸다.

까맣게 몰랐네. 뭐지?

그러다가 어느 순간 오싹 소름이 돋았다.

분무기!

소독 약통을 든 사람에게 맞은 횟수가 정확히 넉 대였던 것이다. 그럼, 온몸이 아픈 것도, 손바닥이 벌게진 것도 꿈에서 겪은 일 때문이라는 건가? 뭐야, 꿈이 아니란 말이야?

뭐가 뭔지 머릿속이 복잡했다. 나는 곧 풀썩 웃었다. 꿈속에서 벌어진 일이 어떻게 현실에 나타난담. 나뭇가지에 긁히거나 쓸렸겠지. 아니면 정신을 잃고 쓰러졌을 때 생긴 자국이겠지. 문득 강아지처럼 달라붙어 소독 약통을 든 사람의 허벅지를 물던 예지가 떠올랐다. 아빠도, 엄마도 벌레로 변한 나를 지키려고 애쓰는 모습이 눈에 선했다. 나도 모르게 슬며시 웃음이 나왔다.

"약 발라야겠다. 마저 하자."

엄마가 바가지로 물을 떠서 부었다. 허리로부터 흘러내린 물이 기분 좋게 어깨를 타고 흘렀다. 물이 등에 난 상처에 닿자 조금 욱신거렸다.

"괜찮아?"

몸을 움찔하자 엄마가 물었다. 몰랐을 땐 아무렇지도 않았는데, 알고 났더니 신경이 온통 등에 난 상처로만 쏠렸다.

"예."

"상처가 어느 정도 아물면 엄마랑 집에 가는 게 어때?"

"……."

엄마가 일부러 목소리를 밝게 꾸민다는 게 느껴졌다. 갑작스러운 제안에 나는 잠시 당황했다. 아니, 언제고 엄마 입에서 나올 말이었다. 문득 여기가 할아버지 댁이라는 데 생각이 미치자 마음이 무거워졌다. 나는 집을 떠나왔다. 다시 돌아가야 할 곳 또한 집이었다. 하지만 지금은 아니었다.

"싫어? 엄마도 억지로 데리고 가고 싶은 마음은 없어. 네 결정에 따를게. 학교에는 가정 체험 학습 신청해 뒀으니까 당분간 여기 있어도 좋고."

엄마가 구급상자에서 연고를 찾아 등에 발라 주었다. 할아버지는 양약을 쓰지 않았다. 이따금씩 오는 우리 가족을 위해 준비한 것이었다. 내가 입을 다물고 있자 엄마도 더 이상 말이 없었다.

"엄마, 나, 여기에 조금만 더 있고 싶어요."

식탁을 차리는 엄마에게 내 의사를 전했다.

"그래? 그러럼. 생각이 정리될 때까지 푹 쉬어. 대신 집에 올 땐 학교에서 있었던 일이나 아빠에 대한 서운함 감정은 훌훌 털고 오기다?"

새끼손가락을 내민 엄마가 환하게 웃었다. 엄마와 나는 새끼손가락을 걸고 엄지로 도장까지 찍었다.

12

　다음 날, 엄마는 점심을 먹고 떠날 채비를 했다. 엄마는 내가 완치될 때까지 있겠다고 했지만 할아버지가 그럴 필요 없다고 엄마 등을 떼밀었다. 나에겐 할아버지가 있으니까 괜찮지만 아빠와 예지는 돌봐 줄 사람이 없다는 게 그 이유였다.

　할아버지가 사다리에 올라가서 휴대전화로 지프형 택시를 불렀다.

　"담이는 걱정 마라. 내가 잘 돌볼 테니까 편한 마음으로 올라가거라."

　할아버지는 택시를 부르고도 머뭇거리는 엄마를 안심시켰다.

　택시는 금방 왔다. 뒷좌석에 올라탄 엄마가 참, 하더니 차창으로 고개를 내밀었다.

"명준이한테 전화 왔더라. 사과하고 싶다고."

나는 못 들을 말이라도 들은 것처럼 흠칫 놀랐다. 그렇지. 청설모를 따라가다 명준이를 만났었지. 모처럼 문을 연 내 가슴에 다시 빗장이 걸리는 느낌이었다.

눈길을 어디다 두어야 할지 몰라 허둥대다 엄마와 딱 마주쳤다. 나를 물끄러미 바라보는 엄마의 눈에 슬픔인지 안타까움인지 모를 빛이 어려 있었다. 나는 아무 말도 하지 않고 엄마 눈길을 피했다.

"약속 잊지 마. 집에 올 땐 전부 버리고 오기!"

내 마음을 읽은 엄마가 쾌활하게 말했다.

뭐라고 대답했는지 모르겠다. 예, 한 것도 같고 아닌 것도 같다. 고개를 끄덕인 것도 같고 아닌 것도 같고.

"다 나을 때까진 다리에 무리 가지 않게 조심하고. 다 나아서 집에 오면 중국 여행 가자. 우리 가족 다 함께."

"예."

이번엔 제대로 대답했다.

택시가 먼지를 일으키며 출발했다. 매연 냄새에 속이 메스꺼웠다. 나는 숨을 조금씩 나누어 들이쉬며 손을 흔들었다. 굽이를 돌 때마다 보이곤 하던 택시가 이윽고 시야에서 사라졌다.

택시가 사라진 곳을 바라보던 할아버지가 내 어깨에 팔을 둘렀다. 다시 할아버지와 나만 남았다.

"그만 들어가자꾸나."

"근데 미순이는 왜 안 보이죠?"

"네가 살구나무에 묶어 두지 않았더냐? 네가 묶어 두었으니 네가 풀어 줘야지."

내가 두리번거리자 할아버지가 내 어깨에 둘렀던 팔을 풀었다.

"저 잠깐만 다녀올게요."

할아버지는 어디 가냐고 묻지 않았다. 그저 보일락 말락 고개만 끄덕이며 입가에 희미한 웃음을 지었다.

불편한 다리가 생각처럼 빨리 움직여 주지 않았다. 비탈을 오르는 데도 무지 애를 먹었다. 오른쪽 다리에만 힘을 주느라 이를 악물었다.

나를 본 미순이가 꼬리 치며 이리 뛰고 저리 뛰고 난리가 아니었다. 그때마다 줄이 끊어질 듯 팽팽하게 당겨졌다. 미순이는 줄이 허용하는 범위를 벗어날 수 없다는 걸 알면서도 그 동작을 반복했다. 반가움을 그렇게 표시하는 것이었다.

인기척을 느낀 청설모 세 마리가 살구나무를 잽싸게 내려왔다. 청설모들은 살구에 미련이 남았는지 도망가지 않고 살구나무 주변을 얼쩡거렸다. 미순이가 있는데도 언제 올라갔는지 모를 일이었다.

나를 데리고 갔던 청설모?

나는 청설모들을 하나하나 바라보다 이내 고개를 저었다. 청설모들은 다 비슷하게 생겨서 구분이 되지 않았다.

미순이 집 앞에 있어야 할 밥그릇과 물그릇이 한쪽에 놓여 있었다. 밥그릇은 비었는데 물그릇에는 물이 반나마 차 있었다. 할아버지는 미순이를 계속 돌보면서도 여기에 그냥 두었다. 내가 직접 미순이를 풀어 주기를 바란 것이다.

"미순아!"

반가운 마음에 나는 얼굴을 미순이에게 마구 비볐다. 그러다 이리저리 움직이는 미순이 머리를 두 손으로 단단히 붙잡고 눈을 맞추었다. 눈곱이 낀 눈은 한없이 선하기만 했다. 나를 원망하는 빛 같은 건 없었다.

"고양이가 반대할 때 내 편이 돼 줘서 고마워."

나는 미순이를 꼭 안았다. 미순이는 내 말에는 아랑곳 않고 내 뺨을 핥으려고 자꾸만 혀를 날름거렸다.

"정말 모르는 거야, 모르는 척하는 거야?"

미순이 귀에 대고 속삭이듯 말했다. 귀에 바람이 들어가자 미순이 귀가 까닥까닥했다. 몸도 움찔움찔했다. 미순이가 내 손에서 벗어나려고 몸을 뒤척였다.

"정말 모르는 거야?"

미순이는 대답이 없었다. 조금 더 기다렸지만 미순이는 나에게서 헤어나려고 몸부림칠 뿐이었다. 나는 미순이 머리를 쓸어 주고 나서 목줄을 풀었다. 내 주위를 몇 바퀴 돌던 미순이가 청설모들을 쫓아갔다.

"미순아, 나 미워하지 마."

182

나는 손나팔을 만들어 미순이가 사라진 쪽에 대고 소리쳤다.
목줄을 가지고 마당으로 돌아왔다.

"담아, 빨래 좀 걷어 줄래."

평상에 있던 약초를 창고로 옮기던 할아버지가 말했다.

"예."

어느새 산 너머로 먹구름이 잔뜩 몰려왔다.

빨래를 걷어 품에 안았다. 내 러닝셔츠가 땅바닥에 떨어졌
다. 그걸 주우려다가 멈칫했다. 빨랫줄 위에서 사마귀가 사냥
한 잠자리를 먹고 있었다.

나는 사마귀를 주의 깊게 보았다. 역삼각형 머리에 난 기다
란 더듬이와 양쪽 끝에 달린 커다란 겹눈이 보였다. 사마귀는
머리를 주억거리며 잠자리를 조금씩 삼켰다. 가시가 돋은 사
마귀 앞발에 단단히 붙잡힌 잠자리는 움직임이 점점 잦아들었
다. 나는 외계인처럼 생긴 사마귀가 밉살스러워 검지로 빨랫
줄을 툭 건드렸다. 흔들리는 빨랫줄 위에서도 사마귀는 느긋
하게 식사를 즐겼다.

사각거리며 잠자리를 씹는 소리가 내 귀에까지 똑똑히 들렸
다. 마지막으로 파르르 날개를 떤 잠자리는 움직임을 멈췄다.

"불쌍하냐?"

어느새 다가온 할아버지가 내 어깨에 손을 얹었다. 나는 눈
길을 사마귀에게 둔 채 고개만 끄덕였다.

"그래, 안돼 보이는구나. 하지만 꼭 그렇게 생각할 건 아니

란다. 생태계는 천적이 있어 유지되지. 담이도 학교에서 배웠
지? 먹이피라미드 말이다. 잠자리를 먹은 사마귀는 참새의 먹
이가 된단다. 또다시 참새는 부엉이나 매의 먹이가 되고…….
들어가자꾸나. 한바탕 비가 쏟아질 것 같구나."

"먼저 들어가세요."

나는 눈길을 사마귀에게 붙들어 둔 채, 안고 있던 빨래를 할
아버지에게 넘겨주었다.

"어깨를 떠는 걸 보니 추운가 보구나. 얼른 와야 한다."

땅바닥에 떨어진 내 러닝셔츠를 주워서 털며 할아버지가 말
했다.

그랬다. 사마귀를 보는 순간부터 몸이 떨렸다. 추워서가 아
니었다. 내가 잠자리를 잡아먹는 사마귀처럼 여겨졌던 것이
다. 사마귀는 살려고 잠자리를 잡아먹지만 나는 아니었다.

무엇 때문에 먹이피라미드 꼭대기의 포식자처럼 아이들 위
에서 군림했던가.

해답이 있을 리 없는 그 질문이 내 머릿속에서 계속 메아리
쳤다.

문득 『신드바드의 모험』에 등장하는 노인이 한 말이 떠올
랐다.

넌 이제껏 남한테 몹쓸 짓을 한 번도 하지 않았던?

나직이 속삭였지만 내 가슴에 가시처럼 박히는 말이었다.

집으로 향하던 발길을 틀어 창고로 갔다. 어김없이 약초 향

기가 나를 맞아 주었다. 출입문 맞은편 벽 앞에 섰다. 선반은 그대로였다. 청설모를 따라왔을 땐 선반이 없었는데. 선반 사이로 손을 넣어 벽 여기저기를 만지기도 하고 밀어 보기도 했다. 조심스레 두드려 보기도 했다. 피식 웃음이 나왔다. 미심쩍어서 한번 확인해 본다는 마음이면서도 내심 기대 반, 걱정 반이었던 것이다. 정말 꿈에서처럼 문이 숨어 있으면 어쩌나 해서. 그냥 평범한 벽인 걸 확인한 나는 허탈해서 벽을 세게 쳤다. 선반에 올려 둔 바구니와 유리병이 흔들렸다.

20분쯤 뒤부터 비가 내리기 시작했다. 창문을 활짝 열어 놓고 비를 구경했다. 조금 지나자 빗줄기가 굵어졌다. 그래도 빗소리는 듣기 좋았다.

책상 위에 쌓여 있는 동화책이 어깨에 닿았다. 맨 위에 있는 『신드바드의 모험』을 다시 집었다.

노인은 어떻게 되었을까?

까마득히 먼 옛일처럼 노인의 얼굴도 떠오르지 않았다. 책을 펼쳐 노인이 그려진 부분을 찾았다. 노인을 목말 태운 신드바드가 시내를 건너는 장면이었다. 사악한 마음을 숨긴 노인의 얼굴은 평범하기 이를 데 없었다. 이렇게 생겼었구나. 책장을 덮으려다 도로 책을 펼쳤다. 숨을 훅 들이쉰 나는 눈을 크게 떴다.

청바지!

노인은 청바지를 입고 있었다. 흑백으로 그려져 긴가민가했

지만 그건 분명 청바지였다. 삽화를 들여다보고 있자니 생각
났다. 이전에 읽을 때, 노인은 천을 대충 걸친 차림이었던 것이
다. 천 사이로 드러나 있던 깡마른 두 다리 때문에 분명히 기억
했다. 등뼈를 타고 올라온 서늘한 기운이 뒷머리로 몰려들었
다. 책을 이리저리 살펴보았다. 지은이도 모르는 사람이고, 출
판사도 낯선 곳이었다.

나는 쌓여 있는 책의 제목을 검지로 하나하나 짚어 나갔다.
속으로는 『장화 신은 고양이』를 되뇌며. 아래에서 네 번째에
있었다. 떨리는 손으로 급히 빼내다 동화책이 무너졌다. 어깨
로 급히 막았지만 몇 권이 책상 위로 떨어졌다. 장화 신은 고양
이가 나오는 삽화를 찾았다.

"어?"

나는 입을 다물 수가 없었다. 장화 신은 고양이가 귀에 이어
폰을 꽂고 있었다. 아니, 이어폰인지는 확실하지 않았다. 다만,
가방에서 나온 가느다란 선이 가슴께에서 갈라져 두 귀로 이
어져 있었다.

어찌된 일이지?

비가 와서 어두운 방 안에 있자니 왈칵 무섬증이 일었다. 괜
히 방 안 여기저기를 둘러보다 형광등을 켰다. 벽에 등을 기대
고 앉았다. 모든 게 의문투성이였다.

그건 그렇고, 노인에게 먹였던 약초가 뭐였지? 고깔 쓴 난쟁
이에게 알려 준 약초는?

아무리 눈살을 찌푸리고, 고개를 갸우뚱거려 봐도 기억을 둘러싼 짙은 안개는 걷히지 않았다. 원통 안에서는 입에서 술술 나오던 약초 이름들이 하나도 기억나지 않는 것도 이상했다.

할아버지는 이 모든 걸 알고 있는 게 아닐까? 책 정리를 시킨 사람이 할아버지였다. 게다가 약초에 대해 모르는 게 없었다. 내가 정신을 잃은 동안 특별한 약초를 써서 그 일들을 겪게 한 건 아닐까? 그렇다면 청설모도 아는 사이? 그러지 말라는 법도 없었다. 산에 살면서 사귀어 아주 친한 사이인지도 모르잖은가. 언젠가 텔레비전에 동물과 대화하는 특별한 능력을 지닌 사람도 나온 적이 있었다. 게다가 할아버지는 보통 사람과는 다르게 사는 사람이니까. 뭐야, 그럼 뱀이 나를 문 것도 할아버지가 시켜서? 에이, 그건 아니다. 아무리 내가 잘못을 했어도 그렇지, 죽을지도 모르는데……. 아니지. 뱀과 말이 통하는 사이라면 죽지 않을 만큼만 독을 넣어 달라고 부탁을 했을 수도 있잖아.

그러고 보니 언젠가 할아버지가 했던 말이 떠올랐다. 할아버지 댁 뒷산 기슭에 암수 구렁이가 사는데, 할아버지와 아주 친하다고. 암구렁이는 길이가 짧지만 몸통이 굵고, 수구렁이는 암구렁이보다 길지만 가늘다고 했다. 둘은 금실이 아주 좋아서 어디를 가나 늘 함께 다닌다고 했다. 수구렁이는 수줍음이 많아서 할아버지가 아는 체를 하면 곧장 숨어 버리는 바람에 친해지는데 아주 애를 먹었다고. 구렁이와도 친한 사이인데, 독사에게 나를 물라고 부탁은 못할까 싶었다.

지금 뭐하는 거야? 독사에게 물려 머리가 어떻게 된 거 아니야?

가속도가 붙어 제멋대로 굴러가던 생각에 급제동을 걸었다. 내가 해 놓고도 어이가 없어 피식 헛웃음을 쳤다. 정 의심스러우면 할아버지에게 직접 물어보면 될 것이었다.

『장화 신은 고양이』를 들고 거실로 나갔다. 샤워를 한 할아버지가 수건으로 머리카락을 말리고 있었다. 머리카락을 풀어헤친 할아버지의 모습은 꼭 산신령 같았다.

"할아버지, 이거 어디서 나셨어요?"

할아버지 맞은편에 앉아 책을 내밀었다.

수건을 목에 건 할아버지가 책을 받았다.

"다락 청소하다 찾은 거예요."

나는 다음에 이어질 질문을 미리 짐작해서 대답했다.

"어디 보자……. 장화 신은 고양이? 이게 다락에 있었다고?"

원시여서 가까운 데를 잘 못 보는 할아버지가 책 표지를 멀찍이 해 제목을 읽더니 물었다.

"예."

"글쎄다. 헌책방에서 샀던가……? 아니지. 내가 동화책 살 일은 없지. 아파트에 살 때 누가 버린 걸 주워 왔던가……? 그것도 아닌데. 여기로 이사 오면서 읽지 않는 책들을 정리해서 고물상에 넘겼는데……. 잘 모르겠구나."

"하나도 생각나는 게 없으세요?"

할아버지가 돌려주는 동화책을 받으며 물었다.

"늙으니까 기억이 흐려져서 말이다."

할아버지가 희미하게 웃었다. 나로선 분간할 수 없었다. 궁금증을 해결해 주지 못해 미안해서 짓는 웃음인지, 아니면 뭔가를 숨기기 위해 얼버무리려는 웃음인지.

머리카락을 터는 할아버지를 우두커니 바라보다 터덜터덜 방으로 돌아왔다.

시간이 지나자 차츰 마음이 진정되었다. 등에 난 자국과 손바닥의 흔적도 그렇고, 엠피스리 플레이어와 청바지도 그렇고 꿈이 아니란 건 분명해졌다.

어찌된 일인지 알아내기 위해 정신을 가다듬었다. 자꾸 정신이 흐트러져 뺨을 때렸다. 그런데 힘 조절에 실패해 얼얼할 만큼 세게 때리고 말았다. 뺨을 문지르면서도 생각을 멈추지 않았다. 처음엔 방 안을 서성이다가, 나중엔 방구석에 쪼그리고 앉아 오래도록 끙끙댔다. 얻어지는 건 없고 머리가 오래 켜둔 컴퓨터 본체처럼 뜨거워지는 느낌이었다. 나는 머리를 흔들어 모든 생각을 떨쳐 냈다. 내가 아는 정보로는 해결의 실마리를 찾을 수 없었다.

청설모 말처럼 이제부터 시작인지도 모르겠다. 이제부터 차근차근 정리해 봐야겠다. 청설모가 걸핏하면 근무 수칙을 들이대며 내 질문을 막은 건 혼자 해결하라는 뜻이었나?

문득 명준이가 생각났다.

사과하고 싶다고? 뭐야, 돈을 걸으라고 시킨 게 나라더니. 병 주고 약 주는 것도 아니고.

그래도 보고 싶었다. 다른 아이들도 보고 싶었다.

멋모르고 청설모를 따라갔던 내가 죽을 고생을 했으니 명준이도 나 못지않게 힘들었을 것이다. 명준이만 만났지만, 다른 아이들도 명준이나 나처럼 원통 안에 갔다가 왔을 가능성이 높았다. 명준이와 다른 아이들은 어떤 일을 겪었는지 궁금했다.

다른 아이들도 나와 비슷한 일을 겪었다고 생각하니 동질감이나 연대 의식 같은 게 생겼다. 다시는 열리지 않을 것 같던 마음의 문이 나도 모르는 사이에 비죽이 열려 있었다. 아이들과 함께했던 시간들이 가슴에 사무치게 그리웠다. 비죽이 열린 틈새로는 아이들이 들어올 수 없었다. 마음의 문을 더 활짝 열어야 했다. 하지만 당장은 자신이 없었다.

빗줄기는 아까보다 더 굵어져 양동이로 들이붓듯이 쏟아졌다. 창턱 너머로 윗몸을 한껏 내밀고 팔을 뻗쳤다. 세찬 빗줄기가 손바닥 위에서 잘게 부서지며 튀었다. 힘을 줬는데도 손바닥이 아래로 밀릴 만큼 빗줄기가 거셌다. 반팔 소매가 금세 젖었다. 맨살에 감기는 젖은 천의 서늘한 느낌이 그리 나쁘지만은 않았다.

빗속으로 뛰어나가 고래고래 고함을 지르며 막 달리고 싶었다. 비를 흠뻑 맞으면 속이 시원해질 것 같았다. 하지만 다리 때문에 그럴 수가 없었다.

할아버지 댁에 온 지 며칠이나 됐지? 나흘? 아니, 닷새? 여기서 얼마나 머물렀는지는 중요하지 않다. 하지만 이건 분명히 말할 수 있다. 할아버지 댁에서 지내는 동안 나는 변할 거다. 그리고 새로 시작하는 거다.

손바닥을 때리는 빗줄기가 아프면서도 상쾌했다.

언젠가부터 착한 사람이 모자란 사람으로, 영악한 사람이 똑똑한 사람으로 바뀌었다. 착한 사람이 똑똑한 사람으로, 영악한 사람이 모자란 사람이 되는 세상이 다시 올까? 법 없어도 살 사람을 그저 칭찬만 하는 게 아니라 그런 사람을 법으로 보호해 주는 세상이 올까? 내 글이 그런 세상을 만드는 데 작은 보탬이 되면 좋겠다.

내 책을 만들기 위해 나무가 죽었다. 나무를 종이로 가공하는 과정에서 수질 오염이 발생했다. 부디 내 작업이 죄 없는 나무들이나 죽이는 짓이, 수질 오염이나 일으키는 짓이 아니면 좋겠다.

내가 올바른 길을 가도록 내비게이터가 되어 주는 백과사

전, 네덜란드, 건달프에게 이 책을 바친다. 특히 어렵고 힘든 시기를 견디고 있는 건달프에게 힘내라는 말 전한다.

이 책을 구상하고, 쓰면서 지냈던 토지문화관과 만해마을의 산책로를 잊을 수 없다. 산책로에서 보았던 모든 것들아! 고맙고, 고맙고, 또 고맙다. 꼼꼼하고 자상하게 교정을 봐 주신 사계절출판사 김태형 씨에게도 감사드린다.

2011년 7월

이준호

그해 여름, 닷새

2011년 7월 27일 1판 1쇄
2013년 5월 15일 1판 2쇄

지은이 : 이준호

편집 : 김태희, 김태형, 이혜재 | 디자인 : 권지연
제작 : 박흥기 | 마케팅 : 이병규, 최영미, 양현범, 정은숙

출력 : 한국커뮤니케이션 | 인쇄 : 한승문화사 | 제책 : 정문바인텍

펴낸이 : 강맑실
펴낸곳 : (주)사계절출판사 | 등록 : 제406-2003-034호
주소 : (우)413-756 경기도 파주시 문발동 파주출판도시 513-3
전화 : 031)955-8588, 8558 | 전송 : 마케팅부 031)955-8595 편집부 031)955-8596
홈페이지 : www.sakyejul.co.kr | 전자우편 : skj@sakyejul.co.kr
독자카페 : 사계절 책 향기가 나는 집 cafe.naver.com/sakyejul
페이스북 : facebook.com/sakyejul | 트위터 : twitter.com/sakyejul

ⓒ 이준호 2011

ISBN 978-89-5828-563-2 44810
ISBN 978-89-5828-473-4 (세트)

이 도서의 국립중앙도서관 출판시도서목록(CIP)은 e-CIP 홈페이지(http://www.nl.go.kr/cip.php)에서
이용하실 수 있습니다.(CIP제어번호: CIP2011003017)